나의 취향, 색깔, 생각, 습관
이 모든걸 담고 있는 마법 같은
공간에 관한 이야기,
당신의 집은 어떤 모습인가요?

Sueddu

가끔 집은 내가 되고

나를
숨 쉬게 하는 집

가끔 집은 내가 되고

숲뚜
지음

상상출판

들어가며

나는 어렸을 때부터 늘 집이 가지고 싶었다. 근로소득이 저평가된 사회에서 부동산을 가지는 것만이 정답일 거라는 생각도, 갭투자로 재산을 불려 나가겠다는 욕심도, 어느 순간 유행처럼 번진 '내 집 마련'이라는 문구에 휩쓸린 것도 아니었다. 다만 건설사가 디자인해놓은 획일적인 공간에 마치 어울리지 않는 손님처럼 들어가 집에 나를 맞추며 살고 싶지 않았다. 내가 원하는 대로 맞춰진 집을 가지려면 그 집은 반드시 내 집이어야 했다.

월세와 전세를 거쳐 마침내 내 이름으로 된 매매 계약서를 작성하게 된 날, 다시 한번 집에 대한 글을 쓰고 싶다고 생각했다. 누군가에게는 부정적으로, 누군가에게는 지나치게 물질적으로, 누군가에게는 허황된 꿈으로, 누군가에게는 따듯하게 느껴지기도 하는 아주 짧고 강렬한 한 글자. '집'이라는 단어는 그래서 묘하다.

십 대의 나에게 집은 최대한 늦게 들어가고 싶어 저녁 시간까지 의미 없이 밖을 배회하게 만든 곳이었고, 이십 대 초반의 나에겐 세상으로부터 꽁꽁 숨을 수 있는 도피처였으며, 이십 대 중반엔 내가 가장 사랑하는 공간이었으며 지금의 나에게 집은 나 자체다.

가장 상징적이고 쉽기 때문에 모두들 집을 집이라고 부르지만, 꼭 진짜 '집'이 아니더라도 누구에게나 편히 마음을 놓을 수 있는 최소한의 공간이 필요하다고 믿는다. 그럼 그곳은 곧 나의 집이 된다.

사람과의 관계에서뿐 아니라 집과 그 집에 사는 사람의 관계에서도 상호작용은 중요하다. 내가 집을 어떻게 정의하느냐에 따라 집은 정말 내가 정의 내린 공간이 되어버린다. 단순히 잠만 자고 출근과 퇴근을 반복하는 곳으로 여기면 호스텔이 되고, 너무 좁아서 어떻게도 꾸밀 수 없는 답 없는 곳이라고 여기면 집은 점점 더 좁아진다. 반면 마음만 먹으면 매일 마주해도 행복한 순간을 집에서 발견할 수 있고, 아주 느리지만 서서히 바뀌어가는 풍경을 관찰할 수 있다. 누군가 살지 않으면 의미 없는 콘크리트 건축물일 뿐이지만 누군가

들어와 애정을 주는 순간 그곳은 달라진다. 한 동의 아파트에 60세대가 산다면, 그 60세대는 냄새부터 제각각일 것이다. 실내의 온도도, 가구의 배치와 색깔도.

내가 사는 공간만큼이나 나의 모든 것을 보여줄 수 있는 것이 또 있을까.

이 책을 시작하기 전 모두에게 묻고 싶다.

당신의 집은 어디이며 어떤 의미인지.

차례

1장

자기만의 방이 필요할 때

내 방 아니고 우리 방

청소년기를 거쳐 성인이 될 때까지, 나에겐 내 방에 대한 갈망이 있었다. 원래도 욕심이 많은 아이였지만 어렸을 때부터 이십 대 초반까지 여동생과 같은 방을 쓰며 내 물건, 내 영역, 내 시간에 대한 집착이 더 심해진 것 같다. 보다 더 어렸을 땐 슬라이드 형식의 2층 침대를 썼고, 사춘기 시절부터는 안방에 매트리스 두 개를 놓아두고 큰 방을 함께 썼다. 학교에 갔다가 집으로 돌아왔을 때 책상 위에 놓아두었던 물건이나 이불이 조금이라도 아침과 달라진 느낌을 받을 때마다 동생에게 내 물건을 건드렸냐고 화를 냈다. 사실 정리를 좋아하지도, 잘 하지도 않았으니 그 분노는 전부 나의 근거 없는 의심이었으나 그때의 나는 그렇게라도 내 영역을 견고히 하고 싶었다.

마음속 깊은 이야기를 한가득 써 내려간 일기장을 꼭꼭 감추지 않아도 되는 나만의 책상이 필요했다. 친구와 이야깃거리가 떨어질 때까지 편하게 통화를 할 나만의 침대가 필요했다. 정말 힘든 일이 있을 때면 내 방에 들어와 모든 걸 내려놓고 펑펑 울고 싶었고, 잠이 올 때 스위치를 끄고 싶었다. '우리 방'은 그 역할을 하나도 해내지 못했다. 동생이 내 통화 내용을 유추할 수 없도록 친구에게 단답형으로만 대답했던 곳도, 남자 친구와 헤어지고 벽을 바라보며 누워 조용히 울었던 곳도, 부푼 마음을 안고 힘들게 들어간 대학에 적응하는 게 너무나 힘들어서 하루에 10시간씩 서서 그림을 그렸던 날들을 저버리고 입학 며칠 만에 친하지도 않은 아빠를 붙잡고 울 만큼 무너졌던 곳도, 내 방이 아니라 우리 방이었다. 책상과 침대가 있음으로써 기능적인 공간이 될 수는 있었지만 어린 내가 공간에게 바란 것은 기능이 아니라 위로였다.

혼자 있고 싶을 때마다 나는 밖으로 나갔다. 아무도 없는 새벽, 아파트 구석 벤치에 앉아 양쪽 귀에 이어폰을 꽂고 음악을 크게 틀었다. 그 순간만큼은 무서운 것이 없었다. 처음엔 그렇게 혼자 맥주를 몇 캔씩 마셨는데, 점점 번화가로 나가 아침까지 친구들과 술을 마시다 잠만 자기 위해 집에 잠깐 들르는 날이 잦아졌다. 집에는 내가 싫어하는 사람들이 있었고, 내가 편하게 있을 공간이 없었다. 나는 집을 두고도 들어가지 못해 주위만 맴돌았다.

술을 마시지 않는 날엔 산책을 했다. 우리 집에서 친구 집까지, 공원에서 친구 집까지, 혹은 뒷산을 따라 다섯 바퀴쯤. 밤공기의 서늘함을 팔뚝으로 느끼며, 해가 중천에 떠 있을 때는 할 수 없는 이야기를 나눴다. 길이 끝났는데도 헤어지기가 아쉬울 땐 근처 놀이터로 가서 그네를 탔다. 귀뚜라미 우는 소리만 가득한 곳에 그네가 앞뒤로 천천히 움직이며 녹슨 마찰음을 더했다. 그런 순간엔 둘만의 은밀한 비밀이 생긴 것 같았다. 늘 한 친구와 걸었던 건 아니다. 나만큼이나 늦은 시간까지 집 밖에 나와 있는 아이들은 많지 않았기에 매번 상대가 바뀌었다. 썩 친하지 않았던 친구와도 산책 한 번이면 절친한 사이가 될 수 있었고, 낮에는 나와 전혀 다른 성향의 친구도 밤에는 같은 감정을 공유할 수 있었다. 밖에 오래 있어서 한기가 들면 몰래 친구 집으로 들어가기도 했다. 친구네 부모님이 잠든 시간에 최대한 천천히 비밀번호를 입력하고 소리가 나지 않게 주위를 기울여 현관문을 닫았다. 재빨리 친구 방으로 들어가 다시 한 번 아주 느린 동작으로 문을 닫은 다음 동시에 얼굴을 마주 보고 웃었다.

자기 방이 있는 친구들이 부러웠다. 그 친구의 체취가 가득한 방을 구경하고 있으면 시간이 정말 빨리 갔다. 어떤 친구 방에는 책이 가득했고, 어떤 친구 방엔 전자식 피아노가 있었다. 남의 집 주방이나 거실을 구경하는 건 하나도 재미가 없는데, 작은 친구 방 하나를 구경하는 건 왜 그렇게 재밌던지. 문 뒤쪽에 비상금을 붙여둔 웃긴 친구도 있었고, 옷장 속에 아빠 양주를 숨겨두고 조금씩 마시는 친구도 있었다.

성인이 되고 달라진 건 여러 가지가 있겠지만, 나와 나이 차이가 나는 사람들도 친구의 범주에 들어오기 시작했다는 건 그중에서도 큰 변화였다. 고등학생 때까진 나이와 학년이 같아야만 친구인 줄만 알았는데, 몇 살 위의 언니 오빠들과도 얼마든지 친한 친구가 될 수 있다는 걸 알게 되었다. 특히 또래들을 통해서는 볼 수 없는 세상을 간접적으로 체험할 수 있어 좋았다. 나보다 여섯 살 많아 내가 막 성인의 자유를 느끼기 시작한 스무 살 무렵, 이미 직장 생활에 한창이었던 친구는 직장 근처 오피스텔에서 혼자 자취를 하고 있었다. 동갑내기 친구들의 '방'을 구경 갔던 것과 그 친구의 '집'을 구경하는 것은 천지 차이였다. 넓지는 않지만 깨끗하게 치워진 실내, TV 뒤쪽으로 탑을 쌓듯 쌓여 있는 각종 의학 서적과 주식 서적, 게임기와 운동기구, 싱크대 위쪽에 일렬로 걸려 있는 머그잔들, 그리고 거실의 많은 부분을 차지하고 있는 캣타워까지. 그는 정말 어른 같아 보였다.

부모님과 사는 친구들을 만날 때면 특유의 집 냄새가 났다.

사람마다 모두 달랐고 정작 본인은 느낄 수 없을 만큼 살과 옷 깊이 밴 냄새. 친구와 마주할 때마다 희미하게 나던 냄새를 그의 집에 놀러 갔을 때면 강렬하게 느낄 수 있었다. 샴푸나 섬유유연제 같은 종류는 아니고, 그 집에서 자주 먹는 음식이나 공간을 가득 채운 물건들에서 흘러나와 오랫동안 집에 축적된 그런 느낌의 냄새였다. 그런데 자취를 하는 친구에게서는 그런 집 냄새가 나지 않았다. 대신 즐겨 쓰는 샴푸나 매일 뿌리는 특정 향수 냄새가 그 빈 자리를 채웠다. 왜인지는 모르겠지만 신기했다. 나도 혼자 살게 되면 이렇게 되는 걸까? 이렇게 해놓고 살 수 있는 걸까?

지금이야 내가 집을 좋아해서 일주일 내내 밖에서 누구를 만나지 않고도 집에 콕 박혀 있을 수 있지만, 그 당시 나는 최대한 집에서 벗어나길 바랐고 여러 친구를 돌려가며 끊임없이 약속을 만들었다. 그리고 친구들을 만난다는 것은 곧 시내 한복판에 있는 시끄러운 술집에 간다는 뜻이었다. 하지만 자취를 하는 친구를 만날 때만큼은 그의 집으로 찾아갔다. 나와 달리 태생적으로 외향적이고 활동적인 그는 집보다는 밖으로 나가 맛집을 찾길 원하는 눈치였지만.

내 집도 아닌 그곳이 아지트처럼 느껴져서 자주 발 도장을 찍었다. 거실에 앉아 커다란 TV로 영화를 볼 때 스피커 음량을 높여 빵빵한 소리를 즐겼다. 술이 떨어지면 살금살금 발소리를 죽일 필요 없이 냉장고에서 당당하게 맥주를 꺼내왔고 늦은 시간까지도 집 전체에 불을 켜놓고 떠들 수 있었다. 그곳은 내가 경험한 첫 번째 자취방이자, 처음으로 집이 주는 포근함을 느낀 곳이었다.

내가 뭘 하든 아무도 알 수 없는 공간이라니. 난 언제쯤 그런 공간을 가질 수 있을까.

자기만의 방

대학교에 들어가고도 2년이 지났을 때, 드디어 내 방이 생겼다. 방이 하나 더 있는 집으로 이사를 한 건 아니었다. 방은 여전히 세 개였으나 나와 여동생의 사이가 워낙 안 좋으니 아빠가 남동생과 방을 공유하고 잠은 거실에서 자겠다고 했다. 나에게도 방이 생긴다니. '나의 방'이라는 단어는 마치 갑갑한 생활에 숨통을 틔워줄 한 줄기 빛 같았다. 붙박이장과 그 옆에 같은 재질로 구성된 책상이 한쪽 벽면을 채워 그 앞에 침대까지 들여놓고 나면 바닥에 사람 한 명이 눕기도 벅찰 만큼 좁은 방이었지만 마냥 행복했다.

오래전 일이라 정확히 기억은 안 나지만 내가 제일 먼저 한 일은 아마도 침구를 바꾼 것이었다. 이전까지는 언제부터 집에 있었는지 모를 이불을 사용했다. 겨울에는 보랏빛 극세사 이불, 여름에는 꽃이 그려진 인견 소재의 이불. 베개와 세트도 아닐뿐더러 당연히 매트리스 커버와도 맞지 않았다. 화장실에 빼곡하게 자리하고 있던 알록달록한 수건들처럼 그것들은 제각각 어딘가에서 우리 집으로 흘러들어와 서서히 원래의 짝을 잃고 남았으리라.

연한 회색에 흰 세모 패턴이 규칙적으로 들어간 차렵이불과 이불 커버 두 개였다. 침구를 바꾼 것만으로도 기분이 날아갈 듯했다. 그때 처음 느꼈다. 옷과 화장품을 사는 것보다 더 행복한 소비가 있구나. 화장하고 꾸미는 걸 좋아하던 이십 대 초반에는 쉽게 인정하기 힘든 감정이었다. 그때 느꼈던 깨달음은 나중의 유럽 여행에서도 가구점과 생활용품 편집숍을 돌며 냄비와 도마를 기념품으로 사 오게 만들었다.

예전에는 책상과 세트였던 3단 서랍 위에 거울을 두고 화장대처럼 썼다. 그 옆에는 전신거울과 이케아에서 2만 원이 안 되는 돈으로 구매한 플로어 램프를 세워뒀다. 낮에도 불을 끄고 암막 커튼을 친 뒤 그 조명만 켜고 지내는 시간이 많았다. 아마 그때부터 나는 환한 형광등보단 노르스름하고 은은한 빛을 좋아했나 보다. 십 대 내내 사용했던 미래지향적 디자인의 스탠드는 버리고 철제로 된 검은색 스탠드를 사서 책상 구석에 세웠다. 얇은 목에 갓을 쓴 것 같은 디자인이었는데 책상 스탠드라고 하면 무조건 크고 긴 조명이 달려 있는 줄만 알았던 당시의 나에게는 파격적인 생김새였다.

나의 첫 방에 있었던 물건 소개는 이걸로 끝이다. 3평 남짓 아주 작은 방이었기 때문에 그 이상 뭘 둘 수도 없었다. 그래도 문을 닫으면 온전히 나만의 공간이 되는 내 방이 있다는 게, 내 침대에 누워 내 책상을 바라볼 수 있다는 게 짜릿할 정도로 좋았다.

우리 집에는 베베라는 이름의 강아지 한 마리와 연우라는 이름의 고양이 한 마리가 있었다. 둘은 썩 친하진 않았지만 그렇다고 싸우지도 않았기에 낮엔 항상 내 침대 위로 올라와 일정한 거리를 유지하며 각자의 시간을 보냈다. 나는 그런 둘 사이에 누워 양손으로 그들의 털을 쓸어넘기거나, 함께 사진 찍는 걸 좋아했다. 나를 힘들게 하는 학교에서 하루를 보내고 돌아왔을 때나 아르바이트를 끝내고 지친 몸을 이끌고 돌아왔을 때, 현관으로 달려 나와 나를 반기는 두 녀석을 데리고 내 방으로 들어가 얼굴을 마구 비비는 것이 행복이었다. 그즈음 처음으로 집에 빨리 들어가고 싶다고 생각했다.

인테리어에 관심이 생기면서 인테리어 분야에서 활동하고 있는 블로거들을 이웃 추가해두고 집에서 시간이 남을 때마다 그 사람들의 블로그를 구경했다. 다들 각자의 색이 분명해 보여 멋있었다. 나는 이제 막 내 방이 생겼는데 그 사람들은 주방에도, 거실에도, 심지어 베란다나 현관에도 손을 대고 이전과는 전혀 다른 모습으로 공간을 바꿔놓는 마법사들이었다. 내 방이 아닌 우리 집도 어딘가 손보면 훨씬 더 근사할 텐데. 거창한 인테리어까지는 바라지 않았지만 오래돼 가죽이 다 갈라진 소파나, 제각기 강렬한 색을 하고 있어 조화롭지 않은 주방 가전들, 복잡한 무늬의 형압이 들어간 금색 수저 세트와 장미 프린팅이 잔뜩 들어간 반투명 접시 같은 것들을 보고 있으면 어디서부터 어떻게 손대야 할지 막막했다. 일단 그 모든 걸 갈아엎으려면 돈이 많거나 물건에 애정이 있어야 했는데 나의 경우 둘 다 없었다. 꼭 새것으로 바꾸지 않더라도 소파에 천을 씌우거나, 주방 가전은 최소한만 밖에 나오도록 정리하는 방법만으로도 큰 변화가 생길 수 있었지만 내 물건이 아니니 시간과 노력을 들이고 싶지 않았다. 그저 장미 무늬 접시를 보며 한숨을 쉬는 게 전부였다.

내 집이었다면, 처음부터 내가 이 모든 물건을 내 선호에 따라 살 수 있었다면. 가족들의 의견 없이 내 마음대로 주방부터 화장실까지 집 안 전체를 손댈 수 있다면. 그런 생각들에 사로잡히곤 했다. 언젠가 내 집이 생겨 작은 방 하나를 넘어 집 안 곳곳에 손을 댈 수 있기를 바랐다.

스물셋, 독립

방학을 맞아 매일 아침저녁으로 일산과 성수를 오가며 중견 패션 회사에서 무급 인턴을 하고 있을 때였다. 전혀 예상치도 못했던 나이, 전혀 준비되지 않았던 순간에 나는 가족과의 불화로 집을 나왔다. 그렇게 좋아하던 내 방이 생긴 지 딱 1년 만이었다. '졸업하고 취업하면 달에 얼마씩 차곡차곡 월급을 모아 회사 근처에 자취방을 얻게 되지 않을까?' 하고 막연히 상상해 온 독립은 어느 날 갑자기 지독한 현실이 되어 나를 찾아왔다.

다음 학기 등록금으로 쓰려고 모아둔 500만 원은 원룸 보증금이 되었다. 자취방을 구하고 2주는 정신없이 지나갔다. 급하게 베베와 몸만 나온 터라 옷가지나 화구 박스, 노트북 같은 짐을 아무도 없는 낮 시간을 틈타 조금씩 가지고 나와야 했고, 집을 나오며 아빠를 가정폭력으로 신고했기 때문에 종종 경찰서로부터 전화를 받거나 법원에도 가야 했으며, 어떻게 딸이 아빠를 신고할 수 있냐고 다그치는 친척의 전화를 받아야 했다. 하지만 생각보다 밝게 지냈다. 낡은 오피스텔의 묵은 먼지를 기꺼이 같이 청소해준 친구, 분당에서 일산까지 한달음에 달려와 짐 정리를 도와준 친구, 땀을 뻘뻘 흘리며 높은 천장에 커튼을 달아준 친구, 집들이 선물로 밥솥과 젓가락 등 당장 꼭 필요한 것들을 사 왔던 친구들이 있었기에 현실을 잊고 웃을 수 있었다.

그릇을 포함해 주방용품 대부분은 다이소에서 구입했다. 1만 원만 있어도 그릇 열 개를 살 수 있으니, 나 같은 사람에겐 천국이 따로 없었다. 모두에게 가성비로 유명한 이케아조차도 명품 매장처럼 느껴졌던 때니 다이소가 천국일 수밖에. 평생 세탁소에서 쓸 법한 얇은 철제 옷걸이만 보고 살아온 나는 이케아에서 여덟 개 묶음에 5,900원에 팔고 있는 나무 옷걸이를 보고도 비싸다고 생각했다. 결국 옷장 안에 넣어둔 옷들에는 기존에 쓰던 옷걸이를 그대로 쓰고, 행거에 걸어두는 옷에만 나무 옷걸이를 사용했다. 비싸다고 한 묶음밖에 사지 않았기에 걸어놓을 수 있는 옷의 개수는 반강제적으로 여덟 개였다. 짬짬이 돈이 생길 때마다 조금씩 집을 꾸몄다. 밥 먹을 돈이 넉넉하지 않던 날도 있었지만 집을 집답게 만드는 것만큼은 포기할 수 없었다. 하루빨리 내가 이곳에 정을 붙이고 나의 집이라고 인식해야 앞으로 살아갈 수 있을 것만 같았다.

야속하게도 그 와중에도 개학은 칼같이 찾아왔다. 매일 학교에 가기 위해선 지하철과 버스를 타야 했고 과제를 하려면 재료비가 필요했다. 공강에 어딘가에서 혼자 멀뚱멀뚱 있지 않기 위해 커피를 마시거나 밥을 먹는 데에도 죄다 돈이 들었다. 휴학이 절실했지만, 전년도부터 학교에서 중요하게 맡은 일이 있어 당장 쉴 수 없었다. 매일 끔찍하다고 생각하면서도 학교와 집을 오갔다.

지금도 비슷한 마음이지만 나는 정말 베베 때문에 버텼다. 매일 나를 극한으로 몰아가는 세상에서 현관문을 쾅 닫고 집으로 들어오면 베베가 꼬리를 흔들며 나를 반겼다. 내가 어떤 모습이든 자신의 한 몸을 다해 끝없이 나를 사랑해주는 존재와 함께, 세상과 분리해주는 문의 안쪽에서 나는 나로 있을 수 있었다. 막내 인턴도, 졸업 준비 위원회 미디어 팀장도, 누구의 딸도 언니도 누나도 아닌, 그냥 나. 좋은 친구들과 지인이 많아 그 시기에 정말 많은 도움을 받았다. 그들이 내 이야기를 들어주는 것만으로도 큰 위로가 되었지만 그럼에도 불구하고 혼자서 감정을 처리할 시간은 분명히 필요했다. 아무리 친한 사이라도 누군가와 함께 있는 순간에는 누구나 각자의 가면을 쓰게 된다. 예의일 수도 있고, 자존심일 수도 있고, 도리일 수도 있는 가면. 하지만 낡은 원룸 오피스텔에서만큼은 나를 사랑하고 내가 사랑하는 베베와 함께 아무것도 걸치지 않은 채 세상과 단절될 수 있었다. 그 사실이 나를 지탱하는 뿌리가 되었다.

잠이 오지 않으면 밤을 새우고, 그러다가 혼자 견딜 수 없는 날이 오면 친구들을 잔뜩 불렀다. 모두가 돌아간 새벽엔 침대에 누워 공허한 천장을 보며 울었다. 벽을 보고 돌아누울 필요가 없는 방이었다.

2장

마음을 둘 수 있다면 어디든

4층 동쪽 집

시작은 타의였지만 어쨌든 나는 장미 무늬 접시를 내려다보며 꿈꿨던 일을 1년 만에 실현하게 되었다. 주방도, 화장실도 현관도 내 마음대로 꾸밀 수 있는 자취방이 생겼다. 집의 테마는 블루와 그레이. 파란색은 내가 좋아하는 색이었고 회색은 집에 맞춘 것이었는데, 오피스텔 화장실과 부엌 타일이 회색이라 최대한 통일감을 주는 게 보기 좋을 것 같았다.

필요한 것들은 대부분 인터넷으로 주문했다. 침구는 짙은 회색, 욕실 슬리퍼와 발 매트도 회색, 침대 앞 러그도 회색. 머그잔 세 개는 파란색으로 구입해 회색 부엌 타일 앞에 나란히 걸어두었다. 복병은 가구와 주방 가전이었다. 인터넷 검색을 해서 최저가 순으로 정렬했을 때 책상이나 협탁은 모두 밝은 갈색이었고, 밥솥은 왜인지 죄다 빨간색이었다. 흔하게 봤던 이미지라 그때까지만 해도 아무 생각 없이 주문 버튼을 눌렀다. 막상 배송된 가구와 가전을 좁은 집에 모아두고 나니 통일성이 없다며 그토록 불평했던 본가의 모습과 다를 바가 없어졌다.

폭이 1m도 안 되는 좁은 싱크대에는 하이라이트와 싱크볼이 들어갈 공간이 전부였다. 요리하며 도마를 올릴 공간도 없어서 근처 어딘가에 밥솥을 두기 위해 작은 테이블을 사야만 했다. 이상하리만치 저렴한 테이블을 결제하며 고개를 갸웃했지만 직접 조립하는 제품이라 그럴 거라고 대수롭지 않게 여겼다. 며칠 뒤 받아보니 나사 구멍도 없어서 십자드라이버로 땀을 뻘뻘 흘리며 합판에 나사를 박아 넣어야 했는데, 심지어 한 달도 채 쓰지 못하고 다리가 부러졌다. 맞춤 제작 가격이 엄두가 안 나 기성품처럼 판매하고 있는 커튼을 산 덕에 오피스텔의 높은 층고에 맞지 않는 커튼이 바닥에서 10cm는 족히 떨어진 채 덜렁덜렁 달렸다. 추위를 막기에도 햇빛을 막기에도 애매했다.

묘하게 주황빛을 띠는 책상은 나무 가구라고 해서 서로 어울리는 건 아니라는 중요한 깨달음을 얻게 해주었다. 나무에도 색이 있었고, 같은 종류의 나무라고 홍보하는 것들도 코팅

유무나 브랜드에 따라 톤이 달랐다. 침대에 쓰인 나무는 창백한 색이었고, 바닥 마루는 연한 노란색, 책상은 주황빛, 선반은 붉은빛이었다. 전혀 조화롭지 않았다. 이건 내가 기대한 내 집이 아니었다.

아르바이트 비용이 통장에 입금될 때마다 잔고를 바닥내며 모자란 것들을 완전하게 바꾸는 작업을 했다. 그때의 나에겐 내 공간을 완성하는 과정이 어느 무엇보다 중요했다. 지어진 지 10년이 넘었는데도 여전히 번쩍거리는 하이그로시 하부장 문은 인테리어용 시트지를 구입해 진한 회색으로 탈바꿈했고, 현관문 앞 낮은 테이블과 침대 옆 협탁에도 같은 작업을 했다. 선반에는 흰 페인트를 칠했고, 침대 프레임은 흰색으로 바꿨다. 이가 나간 타일이 보기 싫었던 현관에는 회색 코일 매트를 깔았다. 점점 집안에 나의 색이 생기기 시작했다.

실내는 종일 어두컴컴했다. 낮은 층수에 동쪽인데다가 바로 앞에 다른 오피스텔 건물이 붙어 있어 해가 거의 들지 않았다. 유일하게 집에 해가 들어오는 시간은 오후 3시에서 4시 정도였다. 그 빛조차도 서서히 서쪽으로 향하는 해가 맞은편 건물의 유리에 반사되어 우리 집으로 들어오는 것이었다. 시간이 더 늦어지면 해가 낮아지면서 우리 집에 반사되어 들어올 여지조차 없었다. 인접한 건물이 있다는 건 일조권뿐만 아니라 사생활 보호에도 불리한 문제였다. 외부와 맞닿은 한쪽 벽면 전부가 유리인데, 그중 열리는 건 한 칸뿐이었다. 그 작은 창을 붙들고 환기라도 하려면 반드시 커튼을 걷어야 했고, 결국 환기를 시키는 내내 우리 집은 반대편에서 훤히 보일 수밖에 없었다. 붙박이장은 세월을 증명하듯 뒤틀려 있었고, 그 틈에선지 하수구를 통해선지 바퀴벌레들이 나타났다. 방역 전문 업체까지 불렀지만, 효과가 지속되는 기간은 썩 길지 않았다. 번화가라 밖에서도 바퀴벌레가 끊임없이 유입될 수 있다고 했다. 기본 옵션의 세탁기나 에어컨에서도 퀴퀴한 냄새가 났다. 오랜 시간 동안 이곳을 지나쳐간 사람들이 모두 썼을 텐데, 그중에 청소를 한 사람이 과연 한 명이라도 있긴 한 걸까?

그래도 나는 그 집이 좋았다. 4층에 동향이라는 이유로 '4층 동쪽 집'이라는 이름도 붙여줬다. 현실과 다르게 포근하고 아기자기한 집이 연상되는 효과가 있었다. 때가 되면 바퀴벌레 트랩을 새 제품으로 갈았다. 요란한 소리를 내면서 돌아가는 환풍기 하나에 의지해 락스 반 통을 써가며 화장실을 청소했다. 락스에 절인 철 수세미로 아무리 박박 문질러봐도 이미 착색되어 지워지지 않는 곳도 있었다. 그래도 처음보다 훨씬 나아졌다. 맨몸으로 독립한 자취생에게는 거금과도 같은 15만 원을 들여 세탁기와 에어컨도 청소했다. 그 좁은 집에 이렇게까지 돈과 시간, 노력을 쏟아붓는 나를 보며 친구들이 걱정 어린 말을 건네기도 했지만, 그곳은 나에게 단순한 자취방 이상의 의미가 있었다. 어느 순간 돌아보니 어느 곳 하나 내 손길이 닿지 않은 곳이 없는, 내 집처럼 보였다. 누가 놀러 와 보게 되어도 "너다운 집이다"라고 말할 수 있는 공간.

그렇게 집에 무한한 애정을 갖게 되었을 때, 부동산에서 연락이 왔다. 현재 집주인이 집을 팔았고 새로운 집주인은 이 집을 전세로 내놓길 바라니 전세로 전환할 수 없다면 계약 기간이 끝나는 그해 여름에 나가야 한다고. 졸업 패션쇼가 얼마 남지 않았던 시기라 눈코 뜰 새 없이 바빴는데, 이사까지 해야 한다고 생각하니 형용할 수 없을 정도로 막막했다. 웬만하면 이사를 하고 싶지 않았지만, 전세금으로 낼 수 있는 돈이 수중에 있을 리 만무했다. 같은 오피스텔에는 월세 매물이 하나도 남아 있지 않았다.

방을 빼야 하는 날을 2주 남기고 급하게 다른 집을 알아봤다. 근처의 원룸은 다 비슷한 조건에다가 구조도 비슷했다. 방을 몇 개 보던 중 복층 오피스텔 하나가 내 마음에 들어왔다. 살고 있는 사람이 오랜 시간 실내에서 담배를 피운 건지 벽지가 온통 누랬고 변기 커버가 새빨간 게 영 거슬렸지만, 이상하게도 그 집이 내 집이 될 것 같은 예감이 들어 바로 계약했다.

한동안 나는 이사 상자들을 넘어 다니며 지냈다. 싱크대 위는 풀다 만 상자들 차지라 전자레인지를 기실 한편에 옮겨두었다. 그러고도 시간이 나지 않아 한동안 집 안에서도 신발을 신고 이삿짐을 바닥에 두고 썼다. 하루는 편의점에서 냉동 피자를 사 와 바닥에 있는 전자레인지에 돌렸다. 그 앞에서 접시도 없이 피자를 먹는데 컨버스를 신은 발이 눈에 들어오며 순간 해외에 온 것 같은 기분이 들어 웃음이 났다.

일이 없는 날엔 아침 일찍부터 밤늦게까지 양팔을 걷어붙이고 짐 정리를 했다. 마감을 앞둔 빵집에 가서 작은 생크림 케이크 하나를 샀다. 편의점 와인을 따 혼자만의 이사 축하 파티도 했다. 바쁜 시기에 하게 된 이사는 여러모로 힘들었지만 그래도 새집에 들어오니 가슴이 두근거렸다. 제일 좋은 건 주방이 넓어졌다는 것. 직전에 살던 집이 기형적으로 좁은 주방을 가지고 있었기에 도마를 가로로 놓을 수 있다는 것만으로도 행복했다.

두 번째라 그런지 역시 처음보다는 모든 게 익숙했다. 이전 집에서 떼온 펜던트 조명을 새집의 조명과 맞바꾸고, 전동 드릴을 이용해 창가에 커튼레일을 달았다. 주방용품은 어떻게 정리할지 고민할 필요도 없이 전과 똑같은 위치에 똑같은 순서로 두었다. 클립형 책상 스탠드와 1만 원대의 장스탠드처럼 첫 방에서부터 나를 따라다니고 있는 가구들도 있었지만, 새집에 맞춰서 새로 구입한 가구도 있었다. 주방이 넓어지며 식탁을 둘 수 있게 되었기에, 직사각형 검정 식탁을 샀다. 네 명까지도 앉을 수 있었지만 공산을 너무 많이 차지하게 될 것 같아 의자는 두 개만 놓았다. 친구가 집에 놀러 오면 바닥이 아닌 의자에 앉아 이야기를 나눌 수 있게 되었다. 이전까지 책상 겸 식탁의 역할을 했던 낮은 테이블은 그대로 침대 앞쪽에 두고 밤에는 노트북을 올려두고 영화를 보거나 차를 마시는 용도로 사용했다.

복층 오피스텔은 시간의 흐름에 따라 유독 색이 많이 달라지는 집이었다. 오전에는 서늘할 정도로 푸르고 오후에는 집 안 물건이 온통 노랗게 물들었다. 시시각각 변하는 집의 모습을 사진으로 남기던 어느 날, 셔터를 누르는 그 순간에 영원히 멈춘 화면에 한계를 느꼈다. 이 섬세한 변화를 생생하게 기록하고 싶다는 욕구가 생겼다. 영상이라면 조금 더 실제에 가깝게 기록할 수 있지 않을까? 단순히 장면만 남기는 게 아니라 생각과 감정을 담을 수 있지 않을까? 그래서 유튜브를 시작하게 되었다. 이미 어도비 프로그램 몇 개는 눈을 감고도 전체 기능을 쉼 없이 줄줄 읊을 수 있을 정도로 빠삭했던 덕분에 영상 편집용 프로그램인 어도비 프리미어 프로도 비교적 쉽게 익힐 수 있었다. 내가 아침에 일어나면 보는 풍경, 집에서 내가 좋아하는 곳, 베베의 코 고는 모습, 캄캄한 밤에 주방에만 노란 조명 하나를 켜두고 요리하는 시간……. 영상은 나의 삶을 실제에 가깝게 담아내는 최고의 수단이었다.

두 번째 자취방의 계약 기간이 끝나고, 나는 곧바로 이전에 살던 오피스텔과 동일한 건물에 월세 매물을 물색했다. 옮긴 집도 마음에 들긴 했지만, 4층 동쪽 집은 나에게 집 이상의 의미를 가지고 있었기에 꼭 그곳으로 돌아가고 싶었다. 같은 호수는 아니었지만 같은 건물에 역시 동향인 집을 구했다. 그동안 착실히 모았던 돈으로 보증금을 500만 원에서 1000만 원으로 올렸고, 월세를 조금 깎았다. 이전보다 훨씬 능숙하고 여유롭게 이사를 했다.

맨 처음 집에서 나오고 얼마 되지 않았을 때부터 나는 성인을 대상으로 포토샵과 일러스트를 가르치는 과외를 하고 있었다. 학업과 병행하며 월세를 충당할 수 있을 만큼의 돈을 벌 수 있고, 내가 따로 시간을 내서 수업 준비를 하지 않아도 자신 있게 가르칠 수 있는 영역이며, 동시에 베베를 집에 혼자 두는 시간을 최소한으로 만들 수 있는 일이 그것뿐이었기 때문에 선택의 여지가 없었다. 당시엔 포토샵과 일러스트를 과외로 가르치는 사람이 거의 없었다. 과연 이것으로 먹고살 수 있을지 걱정되었다. 하지만 다른 방법이 떠오르지 않아 무작정 블로그에 글을 올렸고 다행히도 기존 학원에서 실용적이지 않은 기능을 의무적으로 배워야만 했던 사람들의 문의가 꽤 많이 들어왔다. 덕분에 몇 년간 과외를 지속할 수 있었다. 어느 달은 수업 문의가 많아 다 받지 못해 거절하기도 했고, 또 어느 달은 아예 문의가 없어서 다음 달 월세를 걱정하며 펑펑 울기도 했다. 하지만 절망의 밑바닥에 있을 때면 꼭 새로운 수강생이 나타났다. 나는 그즈음부터 '죽으란 법은 없다'는 말을 마음에 새기며 살게 되었다. 수업은 주로 애견 동반이 가능한 카페에서 진행했지만, 수강생을 집으로 불러 수업을 하는 경우도 종종 있었다. 나에게 안식처이자 피난처인 집에 직장이라는 새로운 역할이 추가되는 순간이었다.

자취 밥상

자취를 하며 나에게 가장 많은 즐거움을 주었던 게 무엇인지 묻는다면 요리라고 답하고 싶다. 요리를 썩 자주 하지도, 요리하는 과정 자체를 즐기는 편도 아니지만 그럼에도 주방에 서서 나무 도마에 일정한 소리를 내며 재료를 손질하고, 냉장고를 정리하고, 보글보글 끓는 소리를 들으며 음식을 하는 행위는 나에게 일종의 원동력을 줬고, 혼자 사는 삶을 묵묵히 지탱해주는 중요한 요소가 되었다. 자취(自炊)라는 단어부터 '손수 밥을 지어 먹으면서 생활함'이라는 뜻이기 때문에 당연한 건가 싶기도 하다.

좁디좁은 주방에 최소한의 식기만 놓고 살면서도 친구들을 몇 명씩 불렀다. 직접 치킨을 튀겨 닭강정을 만들어주기도 하고, 특별한 날에는 스테이크를 구우며 동시에 파스타를 만들어 홈 파티에 적합한 메뉴들을 상 한가득 차려내기도 했다. 혼자 밥을 먹다 보면 요리한 팬 그대로 식탁으로 가져가 수저만 꺼내 식사를 할 수도 있고, 밑반찬은 반찬통 채로 꺼내 먹을 수도 있다. 그래도 나는 꼭 여러 개의 그릇을 썼다. 밥공기와 대접 세트에 갓 지어 윤기가 흐르는 쌀밥과 레토르트 찌개를 담아내고 계란프라이는 넓은 접시에, 밑반찬은 아기자기한 종지에 덜어 테이블 매트 위에 올린 뒤 그 옆에 수저를 나란히 뒀다. 갑자기 카레가 먹고 싶어지는 날에는 편의점에서 산 3분 카레를 데워 국그릇에 밥 한 공기를 푸고 그 위에 무자비하게 소스를 부어 먹을 수도 있었다. 그러나 파스타 볼처럼 오목하고 조금 더 근사한 그릇의 가장자리에 밥공기로 꾹꾹 눌러 모양낸 밥을 두고 주변으로 카레를 슬슬 부어준 뒤 파슬리 가루를 뿌리거나 새싹채소, 허브로 장식을 하면 같은 음식을 먹더라도 느낌이 확연히 달라졌다. 밥도 조금 천천히 먹게 되고, 다음 끼니도 잘 챙겨 먹겠다는 마음이 든다. 그 두 뼘 폭 정도의 차림이 그리 대단한 것도 아닌데, 보고 있으면 왠지 안심되는 느낌이었다.

나는 잘 살고 있고, 스스로 잘 보살피고 있다고. 물론 모든 게 귀찮은 날도 있는 법이라 이따금 밖에서 음식을 포장해오거나 배달을 시키기도 했다. 오로시 혼사 먹기 위해 장을 보고,

주방을 잔뜩 어지럽히면서 재료를 손질하고, 밥을 먹고 돌아서면 산처럼 쌓여 내가 손대기만을 기다리는 설거짓거리는 분명 나뿐만 아니라 혼자 사는 사람이라면 누구나 선뜻 주방을 자신의 공간으로 만들지 못 하게 하는 장애물일 것이다.

요리에 드는 노력과 시간을 조금이라도 단축하고자 나는 냉동실을 애용했다. 쪽파, 마늘, 청양고추, 대파 등 자주 쓰는 재료들은 몽땅 사서 깨끗이 씻고, 알맞게 썰어 밀폐용기에 담아 냉동실에 보관한다. 요리를 할 때마다 재료를 꺼내 씻고 손질하는 과정을 생략할 수 있다는 게 가장 큰 장점이지만, 한 번에 많은 양을 얼려두니 상할 걱정도 없어 좋다. 밥과 국도 마찬가지로 4~5인분 정도를 만들어 밀폐용기에 담아 얼렸다가 식사를 할 때 꺼내 3분 정도 전자레인지에 데우면 갓 조리한 것처럼 맛있는 밥과 국이 된다. 볶음밥에 들어가면 알록달록 보기 좋은 색감을 내는 당근도 잘게 다져 냉동실에 넣어둔다. 꽁꽁 얼었을 땐 떼어내기 힘드니 완전히 얼기 전에 한번 꺼내 서로 잘 떨어질 수 있도록 쳐주면 필요할 때마다 한 움큼씩 집어넣을 수 있어서 편하다.

여전히 요리를 하게 되면 휴대폰을 들고 레시피를 검색해 요리 블로거들의 검증된 레시피를 그대로 따르지만, 번거롭게 찾아보지 않아도 한 끼를 뚝딱 해결할 수 있는 몇 가지 메뉴도 생겼다.

내가 제일 좋아하면서 자신 있는 음식은 돼지고기 김치찜이다. 거창한 이름에 비해 재료는 간단하다. 먼저 커다란 냄비에 양파를 채 썰어 깔고, 적당한 두께의 통 삼겹살에 다진 마늘과 된장을 발라 양파 위에 얹는다. 마지막으로 김치 반 포기 정도를 올리고 고춧가루 한 스푼을 뿌려준 뒤 뚜껑을 닫고 중불에 50분간 익히면 끝이다. 김치에 웬만한 양념은 이미 다 들어 있어서 레시피가 복잡하지도 않고, 푹 익은 김치에 더해진 양파의 단맛, 그리고 오랜 시간 익어 야들야들해진 돼지고기는 실패할 수 없는 조합이다.

반으로 썬 방울토마토와 채 썬 양파, 바질에 약간의 소금 간을 하고 올리브유를 듬뿍 넣어 냉장고에서 하루 숙성시키면 여러 요리에 요긴하게 쓸 수 있는 토마토 마리네이드가 된다. 드레싱처럼 샐러드와 함께 먹어도 맛있고, 냉 파스타를 만들 때는 소스처럼 쓸 수 있다. 나는 두부를 부쳐 토마토 마리네이드와 함께 먹는데 간단하고 맛있는 데다가 든든하기까지 하다. 시판 파스타 소스로 파스타를 즐겨 먹는 사람이라면 한 번쯤 토마토 마리네이드를 더해보는 것도 좋다. 팬에 토마토 마리네이드를 크게 두 스푼 덜어 토마토 소스와 같이 데우고, 익힌 파스타 면과 면수 한 국자를 추가하면 감칠맛이 더해져 시판 소스로만 파스타를 만들어 먹는 것보다 맛있어진다. 토마토와 바질, 양파까지 추가되니 보기에도 더 그럴싸하다.

두부는 만능 식재료다. 어떻게 요리하느냐에 따라 맛과 식감이 천차만별로 달라지고, 탄수화물을 대체하기도 좋다. 밥 대신 면포로 물기를 꽉 짠 으깬 두부를 채운 유부초밥은 맛과 식감을 보장하면서 칼로리는 낮다. 두부를 한입 크기로 깍둑 썰어 튀기듯 여섯 면을 노릇하게 부치고 물, 굴 소스, 식초 두 스푼, 진간장, 설탕, 고춧가루, 다진 마늘 한 스푼에 청양고추를 약간 넣어 중불에 볶아주면 중식당에서 막 나온 것처럼 맛있는 두부 요리를 먹을 수 있다. 밥도둑이면서 동시에 술안주로도 좋다.

정육점에서 항정살을 사면서 파채와 참소스를 덤으로 받아오면 친구들을 초대했을 때 내기 좋은 항정살 구이가 뚝딱 완성된다. 파채를 깨끗이 씻어 넓고 오목한 그릇에 담고, 항정살은 기름 튀는 걸 주의하며 겉면이 군침 도는 갈색빛이 될 때까지 바싹 구워 파채 위에 올린다. 거기에 참소스를 듬뿍 뿌려주면 완성. 새콤달콤한 소스에 절인 파채와 바삭하고 기름진 항정살이 조화를 이루어 환상적인 맛을 낸다.

다른 재료 없이 식용유에 김치를 볶다가 고추참치를 더해 만든 볶음 김치도 만능 반찬이다. 반찬으로 먹어도 맛있고 요리하기 귀찮을 때 밥에 김 가루와 마요네즈 듬뿍, 후리카케를 넣어 한입 크기의 주먹밥을 만든 뒤에 곁들여 먹으면 최고다. 나는 이 메뉴를 애용하는데, 볶음 김치만 냉장고에 있으면 주먹밥을 만드는 데는 3분도 걸리지 않는다. 아무리 의욕 없는 날일지라도 맛있고 배부르게 한 끼를 해결할 수 있다. 집에서 친구들과 술을 마실 땐 두부를 부쳐 냉장고에 있던 볶음 김치와 함께 내면 완벽한 술안주가 된다.

갈매기가 나는 곳

도시와 사랑에 빠질 수도 있다는 것을, 나는 스물일곱 겨울에 깨달았다. 친구와 호캉스를 보내겠다고 술김에 송도에 있는 호텔을 예약하지 않았더라면, 그날 밤 해무가 객실의 유리를 온통 흰색으로 메우지 않았더라면, 다음 날 눈을 떴을 때 해무가 사라진 자리에 마법처럼 반짝이는 바닷물이 흐르는 거대한 공원과 까맣고 넓은 도로 위 장난감처럼 작은 차들이 보이지 않았더라면, 그 풍경에 반해 충동적으로 부동산에 전화했을 때 중개사가 그렇게나 예쁜 집을 보여주지 않았더라면, 그날 햇빛이 그렇게까지 찬란하지 않았더라면. 그럼 어쩌면 나는 아직도 지어진 지 20년 된 8평짜리 오피스텔에 살았을지도 모른다.

모든 일은 마치 내가 꼭 이 도시로 와야 한다는 것처럼 완벽하고 자연스럽게 연결되었다.

이제 막 입주를 시작했다는 신축 오피스텔은 방이 두 개였다. 거실에 있는 커다란 창으로는 센트럴 파크가 보였다. 울창한 나무 사이로 운하가 있고, 그 위로 사람들을 실은 배가 떠다녔다. 한쪽에 자리 잡은 한옥 호텔의 가지런한 기와도 풍경 속에서 존재감을 드러냈다. 창밖으로 고개를 쭉 내밀어도 끝이 보이지 않을 정도로 드넓은 풍경이었다. 욕심이 생겼다. 이렇게 예쁜 동네에 사는 사람이 되고 싶었다. 공원에서 베베와 산책을 하고, 여름엔 집 앞에 강처럼 흐르는 바닷물을 보며 벤치에 앉아 시원한 맥주 한 캔을 마시고, 크리스마스 시즌이 되면 매일 저녁 노란 알전구가 가득한 골목을 지나 집으로 들어가는 상상을 했다. 신기한 일이었다. 며칠 전까지는 어디에 있는지도 몰랐던 도시인데 하루아침에 마음을 빼앗기다니.

그즈음 나는 일상에서 벗어나고 싶었다. 아주 어렸을 때부터 살아온 익숙하고도 지겨운 동네를 벗어나 새로운 곳에서 삶을 환기하길 바랐다. 버스 정류장에 가득 붙어 있는 노선표를 보지 않고도 어디든 갈 수 있고, 친구들과 약속을 잡을 때 굳이 휴대폰을 붙잡고 지역 맛집을 찾아보지 않아도 맛이 보장되는 단골집을 찾아갈 수 있는 생활은 편리했지만 권태로웠다. 추억이 많으면 잊고 싶은 기억도 덩달아 늘어나는 법이었다.

하지만 삶에 새로운 공기를 들여보겠다며 연고도 없는 곳으로 이사를 고민하는 마당에 또 월세 계약을 하고 싶지는 않았다. 전세가와 매매가가 별 차이 없는 요즘 같은 때에, 모아둔 돈도 많지 않은 프리랜서 신분이라 어려울 거라는 걸 알면서도 중개사에게 전세 매물을 원한다고 덜컥 질러버렸다. 대출 심사를 받기 위해 은행에 가서 복잡한 서류들을 내밀어야 할 줄 알았건만 부동산에서 곧장 대출사를 연결해줬다. 정말 어려울 게 하나도 없었다. 전세 자금 대출을 받는 방법은 생각보다 훨씬 다양했고, 직장인이 아니어도 소득과 지출을 증명해 70%까지 대출을 받을 수도 있었다. 준비해야 할 서류들은 대출사가 친절히 어디에서 떼면 된다고까지 문자로 정리해 보내주었고, 그 모든 문서는 마음만 먹으면 하루 만에 준비할 수도 있었다. 직접 부딪히기 전까지는 막연하게 어려울 거라고, 나는 안 될 거라고만 생각했던 일들이었다. 막상 발을 내디뎌보니 너무 쉬워서 허무할 지경이었다. 왕복 두 시간이 넘는 거리를 렌터카를 빌려서 일주일에 몇 번씩 오가며 계약과 잔금 처리를 마쳤다. 퇴근 시간이면 차가 꽉 막히는 인천대로에 뿌연 매연을 내뿜으며 서 있으면서도, 새삼 다른 도시와의 접근성이 바닥을 친다는 것을 느끼면서도 모든 과정이 즐거웠다. 처음 그 신축 오피스텔을 본 날로부터 약 한 달 후, 나는 마치 쫓기는 사람처럼 망설임 없이 이사를 왔다. 너무 빠르게 결정한 거 아니냐는 주변 사람들의 만류가 있었지만 내가 해온 다른 충동적인 결정들처럼 이번 결정에도 근거 없는 확신이 있었다.

방과 방을 오갈 때 공기가 내 몸을 두르고 흘러가는 걸 느끼며 나는 벅차올랐다. 오랫동안 원룸에서 살았던 사람들만이 이해할 수 있는 아주 사소하지만 짜릿한 감촉. 공간이 뚜렷이 구분되지 않는 원룸에서는 공기의 흐름이 느껴질 정도로 걸을 일이 없었다. 침대 앞 낮은 테이블에 노트북을 올려두고 일을 하다가 노트북을 한쪽으로 밀어놓고 밥을 먹고, 졸리면 엉덩이만 들어 올려 침대로 올라가는 게 익숙했다. 단지 방이 하나 더 생겼을 뿐인데 밥을 먹기 위해 침실에서 문을 통과해 주방으로 나가고, 일을 하기 위해 다시 문을 통과해 작은방으로 간다. 이사를 하고도 몇 개월 동안이나 그 행위 자체가 어색하고도 기분이 좋아서 가끔 혼자 조용히 미소를 지었다.

집의 첫인상이자 가장 큰 매력이었던 거실의 창에는 커튼을 달지 않았다. 직전에 살던 원룸에서는 늘 커튼을 치고 살았는데 그러지 않으면 바로 앞에 위치한 또 다른 오피스텔에서 집 안이 훤히 들여다보였기 때문이다. 그렇게 5년가량 지내며 나는 어두운 집에 익숙해졌다. 가끔 환기를 위해 커튼을 젖히고 창문을 열 때를 제외하고는 늘 스탠드 조명을 켜두었다. 내가 이런 어둑함을 좋아하는 사람이라고 생각했다. 창문과 커튼을 거쳐 은은하게 흔적만 남은 햇빛과 현관 쪽의 캄캄함. 그 사이를 밝히는 노란색 전구. 누구를 집에 초대하거나, 밖에서 사람들에게 집에 대한 이야기를 나눌 때면 워낙 어두운 걸 좋아하기 때문에 집에 암막 커튼을 쳐두고 그리 밝지 않은 스탠드 조명을 켜둔다고 설명했다.

새로 이사 온 집 앞에는 너무 가까워 내부가 다 보이는 건물 대신 거대한 공원이 있었다. 물론 그 공원 건너편에도 건물이 있긴 했으나 너무 멀어서 내가 가지고 있는 가장 좋은 줌렌즈를 통해 본다고 하더라도 사람 형체조차 구별할 수 없을 거라는 믿음이 있었다. 캄캄한 밤에도 주방에 불을 켜놓고 저녁을 하거나, 친구들을 불러 술을 마시면서도 커튼 없이 내버려 둘 수 있다는 건 나에게 많은 영향을 끼쳤다. 나는 자주 창밖을 구경했다. 새벽에는 높은 고층 빌딩 사이로 뜨는 해를 봤고, 아침에는 종종걸음으로 출근하는 사람과 조깅하는 사람이 서로를 지나치는 장면을 봤다. 낮엔 강아지를 데리고 산책을 나온 사람들과 잔디밭에 앉아 즐거운 시간을 보내는 청년들을, 저녁엔 벤치에 앉아 맥주를 마시는 사람과 느린 걸음으로 나란히 걷는 노부부를 봤다. 한 공원에서 이렇게나 많은 사람이 각자의 시간을 보내는 걸 직접 눈으로 보니 새삼 신기했다. 공원에서 조금만 시선을 돌리면 밤늦게까지 조명이 밝게 켜진 유리 건물들과 시간에 따라 빠르게 흐르다 느리게 흐르길 반복하는 차량의 행렬도 볼 수 있었다. 모든 게 빠르게 유행 대열에 올랐다가 사라지고, 모두가 쉽게 싫증을 내는 세상에서 신기하게도 매일, 매 순간 봐도 질리지 않는 것들이었다. 새벽에 자고 정오가 다 되어 일어나는 일상이 익숙했던 내가 일출을 보기 위해 다섯 시에 일어나기도 했다. 해가 뜨기 직전의 세상은 이렇게나 보라색이구나. 뜨고 지는 건 정말 순식간이구나. 동틀 녘의 노랑과 해 질 녘의 노랑은 이렇게나 다르구나. 전에는 몰랐고, 관심도 없었던 것들을 새로 배웠다.

송도. 입 밖으로 소리 내서 뱉을 때의 부드러운 어감이 마음에 들었다. 진작에 개발되었던 일부 구역은 오래된 느낌이 들었지만, 그곳을 제외한 도시 대부분은 죄다 새로 지어졌거나 지어지고 있었다. 모든 게 반짝거렸고 건물과 건물 사이에서 여유가 느껴졌다. 중심지에 있는 건물들은 도시 설계 단계부터 계획된 건지 대체로 낮았다. 높은 몇 개의 아파트와 회사 건물들도 옅은 푸른빛을 띠는 유리로 마감이 되어 있어 하늘의 일부처럼 보였다.

나는 예전보다 일찍 일어났고, 자주 밖으로 나갔다. 정기적으로 운동을 하고 여름엔 해가 뜨기 전에 나가서 공원 가장자리를 따라 한 바퀴 달렸다. 미세먼지가 없다면 종일 창문을 열어두고 지냈다.

어느 날과 같이 창가에 몸을 기대고 밖을 구경하다가 문득 이런 생각이 들었다. 나는 사실 이렇게 내도록 창밖을 보며 세상을 구경하고, 햇빛 맞는 걸 좋아하는 사람이었던 게 아닐까. 사는 곳이 달라졌다고 사람이 이렇게 금세 바뀔 수 있다는 게 놀라웠다. 나는 나의 어떤 면들을 또 모르고 넘기고 있는 걸까. 나의 고유한 특성이라고 여겨왔던 것들도 사실 현실과 타협한 것은 아니었을까.

나는 나날이 내가 살고 있는 동네에 더 빠져들었다. 서로 경쟁하며 비죽비죽 솟은 간판들 없이 단정하고 깔끔한 상가, 무작정 걷다 보면 한 번쯤 꼭 만나게 되는 공원, 하늘 높은 줄 모르고 솟아 있는 빌딩 사이로 우두커니 자리를 지키고 있는 한옥과 왕복 8차선 도로 위를 유유히 날아다니는 흰 갈매기. 바다가 가까워 조금만 걸으면 끝없는 수평선을 볼 수 있고, 조금이라도 습한 날엔 어김없이 몰려오는 해무가 앞선 모든 것을 새하얗게 지워버리는 이 도시가 너무 멋졌다.

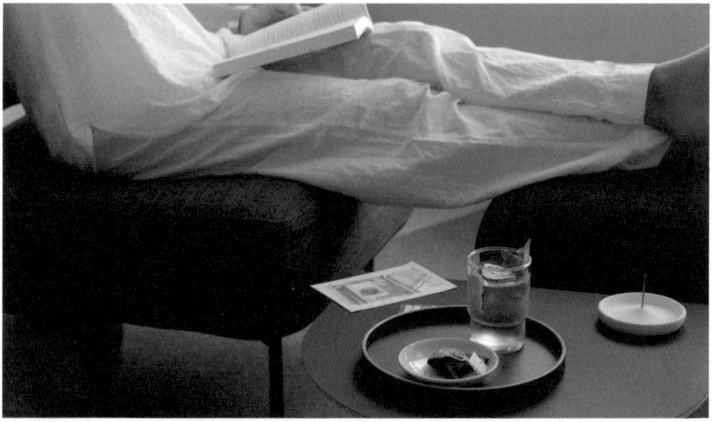

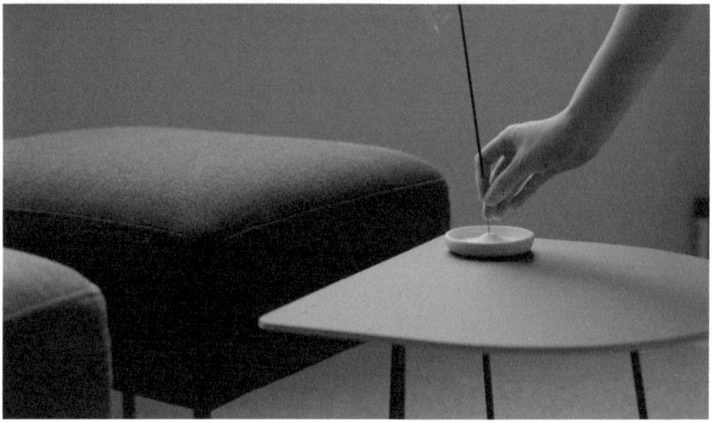

실내의 사계

사계절이라고 하면 자연스레 나무가 떠오른다. 나뭇가지에 새순이 나고 꽃이 되었다가 낙엽이 지고 결국 앙상한 가지만 남는 모습은 계절의 변화를 그 어떤 것보다 선명하게 느끼게 해준다. 하지만 집에 오래 머물며 차분히 공간을 관찰하면 굳이 창밖을 내다보지 않아도 실내에서 계절의 변화를 느낄 수 있다. 창문 앞이 뻥 뚫린 새집에 살면서 계절에 따라 해의 위치가 바뀌고 실내에 드는 빛이 달라지는 모습을 관찰하는 시간이 몹시 흥미로웠다. 내가 집을 보고 이사를 들어온 계절은 겨울이었는데, 정말 일찍 일어나야만 집에 직접적으로 들어오는 강렬한 아침 햇살을 볼 수 있었다. 역시 동향이라 일조량이 적은 건가 했건만 웬걸, 여름이 되니 새빨갛게 발광하는 빛이 창문을 통해 주방과 복도를 지나 현관까지 닿았다. 그게 너무 좋고 신기해서 아침마다 해가 뜨는 걸 관찰하다 보니 여름엔 공원 너머 거대한 건물 기준으로 왼쪽에서 올라오던 해가 겨울엔 오른쪽으로 옮겨간 게 보였다. 나중에야 알게 된 건데 동향은 여름에 일조량이 많고, 남향과 서향은 겨울에 일조량이 많다고 했다. 지구가 정말 자전과 공전을 하고 있다는 게 이런 부분에서 실감이 났다. 아침에 느지막이 일어나면 여전히 붉은빛이 한쪽 벽면을 가득 채우고 있었다. 그때문에 여름에 일어나서 가장 먼저 하는 일은 휴대폰을 들어 침실의 빛과 그림자 사진을 찍는 것이었다. 매일 봐도 새롭고 아름다웠다.

카메라를 잡는 사람들은 필연적으로 빛을 좋아할 수밖에 없다. 사진(Photograph)의 어원이 '빛으로 그리다(Phos+Graphos)'인 만큼 빛은 사진에 있어서 필수불가결의 요소이기 때문이다. 특히나 여명과 황혼의 빛은 세상 모든 것을 더 아름답게 만들어준다. 그 시간대의 빛은 너무나 강렬해서 마치 빛을 받은 사물이 스스로 빛나는 것처럼 보인다. 이 집에 살며 여름이 좋아졌다. 아침에 꽤 오랜 시간 그 빛을 집 안에서 볼 수 있었고, 저녁에는 밖으로 나가 산책을 하며 온 세상이 주황색으로 물드는 모습을 늦게까지 관찰할 수 있었다.

계절에 따라 달라지는 건 빛뿐만이 아니었다. 나무가 각 계절에 할 일을 하듯, 집 안의 모습과 나의 생활 양식도 달라졌다. 봄에는 창가에 서서 센트럴 파크 가득 핀 벚꽃을 봤다. 그 아래로 얇은 카디건이나 코트를 입은 사람들이 돗자리를 펼쳐 두고 피크닉을 즐기고 있었다.

여름엔 겨울 코트에 비닐을 씌워 옷장 한구석으로 밀어놓고 반팔 티셔츠와 얇은 셔츠를 옷장에서 꺼내 행거에 걸었다. 늦은 봄까지 썼던 온수 매트를 접어 침대 아래 보관하고, 어두운 회색 침구를 새하얀 면 침구로 바꿔 기분을 전환했다. 일어나자마자 실내 사진을 찍고, 붉은빛을 가리고 서서 벽에 내 그림자를 만들었다. 목이 늘어난 반팔 면 티셔츠나, 아주 얇은 린넨 파자마를 입을 시기. 열무 냉면과 비빔면, 시원한 캔맥주, 수박, 아이스 아메리카노, 시원한 청귤 에이드 같은 것들이 식탁에 줄줄이 오르내렸다. 샤워를 자주 하고, 수건이 금세 세탁기에 가득 쌓여 평소보다 세탁기를 자주 돌리게 되었다. 따로 건조하지 않아도 빨래 건조대에 한가득 빨래를 널고 창문을 열어두면 금방 말랐다. 물기를 머금은 빨래가 마르며 집안 가득 섬유 유연제 냄새를 풍겼다. 여름에 창밖을 보고 있으면 아침 일찍부터 반팔 티셔츠에 반바지를 입고 달리기를 하는 사람들이 있었다. 물론 나도 거기에 속해 있는 날이 많았다. 해가 높이 올라가기 전 반팔 티셔츠를 입고 나가면 아무리 여름이어도 팔뚝에 닭살이 오소소 돋는다. 5분 정도 빠르게 걸으면 어느새 체온이 오르고, 달리기를 끝마쳤을 땐 땀범벅이 된다. 매번 달리는 사람들이 정해져 있어서 꾸준히 아침 조깅을 즐기는 동안 익숙한 얼굴을 마주치고 지나쳤다. 옷장에 넣어두었던 선풍기를 꺼내고 일할 땐 작은방으로, 밥 먹을 땐 주방으로, 잠을 잘 땐 침실로 옮겨가며 거의 종일 선풍기 바람을 맞았다. 그래도 선풍기만으로 견디기 힘든 날이 있었다. 그런 날이야말로 윌리스 캐리어 씨의 위대한 발명품인 에어컨의 도움이 필요했다. 그러나 오피스텔 천장에 달린 게 에어컨이 아니라 FCU라는 이상한 이름의 시원하지도 않은 장치라는 걸 알게 된 후에는 종종 1층 카페나 엄마 집으로 피서를 갔다.

가을엔 서둘러 트렌치코트를 꺼내야 한다. 가을인가 싶으면서도 덥고, 다시 가을인가 싶으면 추워진다. 적당한 날을 찾아 트렌치코트를 입는 가을과의 눈치 게임을 해야 한다. 만약 이 게임에서 진다면 1년 내내 트렌치코트를 한 번도 입지 못하게 되니 각별한 주의가 필요하다. 아침저녁으로는 꽤 쌀쌀해서 달리기를 할 때 반팔 티셔츠 위에 얇은 바람막이를 걸쳤다. 바람막이엔 주머니가 있어서 여름과 달리 휴대폰을 손에 들고 달리지 않아도 되었다.

겨울에도 야외를 달리는 사람들이 있었다. 창밖으로 지켜보고 있으면 몇 명은 여전히 반팔 티셔츠에 반바지를 입고 달리는데, 한 걸음 내디딜 때마다 하얀 입김이 한 움큼씩 나와서 추워 보이지는 않았다. 나는 겨울엔 밖에서 뛰지 않고 건물 내에 있는 헬스장으로 갔다. 처음에는 추워서 창문을 닫아놓고 뛰다가도 10분만 지나면 더워져 창문을 활짝 열었다.

겨울이라도 난방 켜는 걸 좋아하지 않는다. 그래도 차가운 맨바닥에 살이 닿는 건 싫어서 두터운 실내 슬리퍼를 꺼내 신었다. 잘 때는 전기장판을 켜는데 아침에 일어나려고 하면 자꾸만 몸이 축 늘어져 마치 진득한 치즈를 잔뜩 늘어트리며 가까스로 판에서 떨어지는 피자 한 조각이 된 것만 같았다. 거실과 침실에 보들보들한 러그를 깔고, 하루 종일 베베와 그 위에서 뒹굴었다. 자기 전에는 김이 모락모락 나는 코코아나 청귤청에 뜨거운 물을 타서 마셨다. 따뜻한 계절의 밝았던 침구는 어두운색으로 바꾸고, 톡톡한 원단의 겨울 잠옷을 입는다. 행거에 걸려 있던 여름옷들은 다시 옷장 안으로 들어가고, 코트와 패딩이 그 자리를 대신한다. 창문을 열어두면 집안의 온기가 순식간에 빠져나가서 여름만큼 자주 환기를 시키지 못한다. 게다가 우리 집엔 결로 문제가 있었다. 습한 겨울날엔 창문이 꽁꽁 얼어 아예 열리지 않기도 했다. 며칠간 그 상태가 지속될 때면 전기포트에 뜨거운 물을 끓여 창틀에 조금씩 붓고, 왼손에 쥔 수건으로 동시에 물기를 닦아가며 창문을 열었다.

베란다가 있는 집이라면 장마철을 기다렸다 베란다 물청소를 할 것이고, 실외기실이 있는 건물에선 여름에 실외기실의 문을 열고 겨울엔 닫아주어야 한다. 추위에 약한 집들은 겨울철 결로가 생기지 않도록 환기와 실내 습도에 신경을 써야 하고, 복도식 아파트라 수도 계량기가 찬바람에 그대로 노출된 집에서는 동파 방지를 위해 단열재를 덧대주는 작업이 필요할 수도 있다. 이중창이 아닌 집이라면 창문에 에어캡을 붙이는 것도 단열에 도움이 된다.

계절이 바뀌고 기온이 변하며 필수적으로 해야 하는 작업도 있지만, 나는 러그를 깔거나 침구를 바꾸는 나만의 의식도 꼭 필요하다고 생각한다. 작은 변화만으로도 실내의 분위기는 확연히 달라진다. 어느 순간 나를 둘러싸고 있는 모든 것들이 지겨워지거나 머릿속에 고민이 가득할 때, 혹은 끝없이 아래로 곤두박질치는 기분을 빠르게 전환하고 싶을 땐 가구의 배치를 바꾸거나 작은 화분을 들이는 변화가 큰 도움이 된다.

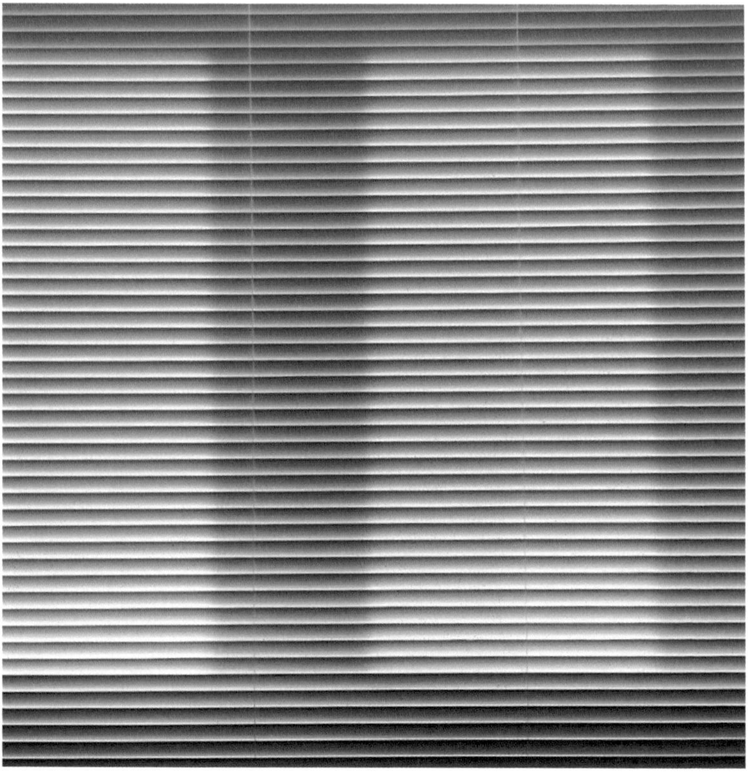

창가 앞에 앉아

또래와 비교해 독립을 일찍 했고, 모든 걸 부모님 도움 없이 스스로 해왔기 때문에 자취 생활에서만큼은 더 이상 시행착오를 겪을 것도 없겠다고 생각했다. 방이 없는 것과 있는 건 엄청난 차이였다. 각 방에 어떤 역할을 부여할 것인지부터 정해야 했고, 원룸에 오래 거주했기에 가구가 워낙 단출해 새집에 맞춰 새로운 가구를 들여야 했다. 실평수 14평의 투룸 오피스텔은 거실과 방 두 개의 면적이 비슷비슷했다. 창문이 있고 조금 더 큰 방에 침대를 뒀는데 슈퍼싱글 사이즈 침대와 행거만 놓아도 방이 꽉 차 보였다. 하지만 여태껏 거실 중앙에 놓고 살았던 침대를 '침실'이라는 방에 넣을 수 있다는 사실만으로도 충분히 행복했다. 평수에 비해 주방은 꽤 큰 편이었다. 디귿(ㄷ)자 구조로 무려 아일랜드형 조리대가 있었다. 요리에 관심이 없는 사람이라면 괜히 주방이 공간을 많이 잡아먹었다고 싫어할 수도 있겠지만, 집에 친구들을 초대해 맛있는 음식을 함께 먹는 걸 즐기는 나에게는 최고의 구조였다. 아일랜드형 조리대를 바 형식의 테이블처럼 쓰려면 바 스툴이 필요했다. 일반 식탁보다 훨씬 높이가 높았기 때문에 원래 쓰던 의자를 두었다가는 음식을 정말 눈앞에서 보게 될 터였다. 바 스툴은 선택지가 그리 많지 않았다. 가격이 저렴한 건 견딜 수 없을 만큼 디자인이 별로였고 마음에 드는 것들은 감당할 수 없을 만큼 비쌌다. 결국 철제 다리에 흰색으로 도장 처리가 된 스툴 두 개를 주문했다. 눈에 띄게 예쁜 건 아니지만 무난해서 어디에나 잘 어울릴 제품이었다.

새로 지어진 건물답게 내부는 찬찬히 뜯어볼수록 눈에 찼다. 화장실은 밝은 회색으로 무광에 우둘투둘한 질감이 느껴지는 타일이었다. 사이즈도 300*600으로 화장실 타일만 보더라도 디자인에 신경을 쓴 건물이라는 게 와닿았다. 특별한 무늬도 없었고 뜬금없는 포인트 컬러도 없었다. 그뿐만 아니라 주방의 상하부장과 조리대 인조대리석까지 모두 회색 계열이었다. 벽지는 묘하게 미색을 띤 흰색이었고 화장실을 제외한 모든 방문에는 문턱이 없었으며 문은 내가 좋아하는 고동색이었다. 이중창이 들어간 창틀도 하얀색이었다. 한마디로 아무것도 손을 대지 않아도 그 자체로 그럴듯한 집이었다. 아일랜드 조리대 위에는 두 개의 펜던트 조명이 달려 있었다. 마치 튤립이 뒤집힌 것 같은 디자인이 내 스타일은 아니었지만, 그렇다고 못 참을 수준은 아니라 따로 조명도 바꾸지 않았다. 무엇보다 더는 30분가량 천장을 올려다보며 어깨에 쥐가 나는 듯한 느낌을 받고 싶지 않았다.

사람 욕심에는 끝이 없다고, 기본 인테리어가 괜찮은 널찍한 집에 살게 되니 좁은 집에 끼어 살 때보다 인테리어에 대한 욕망이 더욱 커졌다. 지난날엔 일정 수준 이상은 아예 포기하고 지냈다면, 이 집에서는 어딘가 아주 조금만 바꾸면 훨씬 나아질 것 같은데 집주인이 아니라 마음대로 손을 댈 수 없으니 답답했다. 나의 갈증을 해결해줄 방법은 가구에 투자하는 것이었다. 사고 싶었으나 사지 못했었던 브랜드의 가구를 사거나 한 번도 집에 놓아보지 않았던 유형의 가구를 두며 집을 꾸며나갔다.

창가 앞에 놓았던 첫 번째 가구는 흰색의 원형 테이블이었다. 한창 원형 테이블이 인기가 많을 때였는데, 인스타그램의 잘 꾸며진 집들 사진에 항상 놓여 있는 하얀 원형 테이블을 그렇게도 따라 해보고 싶었다. 머그잔에 커피 한 잔을 내리고 두꺼운 식빵을 바싹 구워 예쁜 접시에 담아 하얀 테이블로 가져와 창밖을 보며 아침을 먹는 상상을 하며 테이블과 의자 하나를 창가 앞에 배치했다. 그리고 1년 가까이 잘 썼다. 아침에 황금빛 햇살을 감상하며 테이블에 앉아 다이어리를 쓰기도 하고, 상상대로 근사한 브런치에 커피를 곁들이고, 노트북을 올려놓고 영화를 보거나 차를 마시며 책을 읽었다. 다만 '이게 꼭 필요한가?'라는 생각이 머릿속을 떠나지 않았다. 밥은 아일랜드 테이블에서 먹는 날이 훨씬 많았고, 영화와 책은 솔직히 딱딱한 의자보단 침대 헤드에 베개를 두 개 겹쳐 비스듬히 기댄 상태에서 보는 게 더 편했다. 무엇보다 그저 예뻐 보여서, 다들 쓰길래 따라 산 가구라 시간이 갈수록 내 취향과 맞지 않아 삐걱거렸다.

가을쯤 테이블과 의자를 팔고 1인 소파를 들였다. 소파처럼 편하게 늘어질 수 있는 의자가 필요하다는 생각은 했지만 소파를 두기엔 거실도 좁은 데다가 애당초 나는 그런 둔한 가구가 싫었다. 마음에 드는 제품을 찾아 몇 달간 1인 소파를 찾아 헤맸다. 유명한 브랜드의 제품은 1인용이었으나 가격이 100만 원이 훌쩍 넘었고, 가격대가 괜찮은 제품들은 소재가 마음에 들면 디자인이, 디자인이 마음에 들면 소재나 색깔이 별로였다. 거의 포기하고 있을 때쯤 우연히 인스타그램을 통해 괜찮은 1인 소파 광고를 보게 되었다. 마치 감시당하고 있는 느낌이 들 정도로 내 관심사를 집요히 따라다니는 데이터 기반 맞춤형 광고가 처음으로 쓸모 있는 일을 해낸 순간이었다. 처음 들어보는 미국 브랜드의 1인용 의자는 짙은 파란색의 패브릭 소재였다. 팔걸이가 없어 너무 소파 같은 느낌은 들지 않으면서 일반 의자보다는 널찍한 앉을 자리를 제공했다. 의자와 앞에 둘 오토만도 함께 주문했다. 그 옆에는 어렸을 때부터 그렇게 사보고 싶었던 북유럽 브랜드 무토(Muuto)의 플로어 램프를 놓았다.

실제로 받아보니 의자는 생각보다 더 크고 무거웠는데, 썩 편하지도 않았다. 역시 편안함을 찾는다면 더 커다랗고 조잡한 생김새의 흔들의자쯤은 되어야 하는 걸까. 하지만 내 집에 그런 의자를 두는 건 상상할 수 없었다. 편해지기 위해서는 필연적으로 등받이가 머리를 받쳐줄 수 있을 정도로 길어야 하고, 엉덩이와 등이 닿는 부분은 오래 앉아 있어도 배기지 않게 도톰해야 한다. 또 기울어진 의자를 받치기 위해선 다리가 크게 붙어 있어야만 했는데, 그 어떤 부분에서도 내가 좋아하는 간결함을 찾아볼 수 없었다. 다행히 디자인이 내 마음에 쏙 드니 그냥 만족하며 쓰기로 했다. 나는 늦은 밤 그 의자에 앉아 종종 술을 마셨다. 친구들에게 선물 받은 와인이나 위스키를 잘 어울리는 잔에 따라 의자 옆 작은 테이블에 올려놓고 한없이 잔잔한 음악을 들었다. 그렇게 도시의 야경을 바라보고 있으면 멋진 어른이 된 것만 같은 기분이 들어 짜릿해지곤 했다. 캄캄한 밤이 되고 거실과 주방의 스위치를 탁 끄면 창밖으로 화려한 고층 빌딩의 불빛이 펼쳐졌다. 실제로 새집에 놀러 온 친구들의 반응이 가장 뜨거웠던 것도 바로 그 야경이었다.

오랫동안 살던 지역을 떠나온 만큼, 새 동네에도 적응을 해야 했다. 믿을만한 동물 병원을 수소문하고, 지역 카페에 검색해 종종 머리를 자를 미용실도 골랐다. 근처 헬스장에서 새로운 트레이너와 운동을 시작했고, 자주 가는 카페가 생겼다. 갑작스레 병원이나 약국에 가야 할 때는 꼭 검색을 해서 가까운 곳을 찾아야만 했다. 손바닥 들여다보듯 훤한 동네에서 살아온 나에게는 생소한 일이었다.

새집과 새 동네에서 나는 매일 넘치는 행복을 느꼈다. 오랫동안 정을 붙였던 4층 동쪽 집보다도 훨씬 빠른 속도로 마음을 줬다. 하지만 한편으론 아무리 이곳이 좋아도 결국 아주 작은 부분조차 내 마음대로 고칠 수 없다는 사실과 계약 기간이 끝나면 여길 떠나야 한다는 사실이 나를 슬프게 만들었다. 이 집이 정말 내 집이라면 얼마나 좋을까.

사는 것과 살아지는 것

나는 아주 오랫동안 내가 살아지고 있다고 느꼈다. 삶에 목표라는 게 없고, 태어났지만 죽지는 못해 그저 하루하루 살고 있는 '살아지는 삶'. 나의 전부이자 내가 살아가는 가장 큰 이유인 베베가 세상을 떠난다면 나도 주저 없이 함께 이곳을 떠날 거라고 한동안 입버릇처럼 주변에 이야기하고 다녔다.

송도로 이사를 온 뒤 그 생각에 변화가 생겼다. 베베가 없는 삶이 더 이상 나의 삶이 아니라는 점은 여전히 변함이 없지만, 그렇다고 해서 그만두고 싶은 삶은 아니게 되었다. 이후의 삶을 덤이라고 여기고 그 덤을 지금과는 전혀 다르게 꾸려보고 싶은 마음이 생겼다.

일주일에 한 번씩 유튜브에 올리는 영상으로 내 일상을 보는 많은 사람이 입을 모아 말했다. 밝아졌다고. 나도 눈치채지 못한 사이에 주거공간의 변화는 나를 바꿔놨다. 결혼을 꿈꾸지 않으니 아마도 난 평생 월세를 내며 그럭저럭 원룸에서 살게 될 거라고, 오늘 일하지 않으면 내일은 굶어야만 하는 게 인생이라고만 생각했던 내가 도시와 사랑에 빠진 게 변화의 시작이었다. 우물 바닥에서만 머물던 개구리가 뛰어오른 것만 같았다. 눅눅하고 어두운 우물 바닥을 벗어나 맑은 공기를 들이마시고 보송보송한 구름이 떠다니는 파란 하늘을 봤다. 저런 세상도 있구나. 동경하는 게 생기니 욕심이 생겼고, 욕심은 목표가 되었다. 시도조차 하지 못했던 일들을 저지를 용기가 생겼다. 살아지는 인간은 이러나저러나 상관없지만, 주체적으로 사는 인간이 되기 위해서는 목표가 필요하다는 걸 몸소 깨닫게 되는 과정이었다. 그냥 하는 말이 아니라, 직접 경험해보니 목표는 구체적일수록 좋았다. 우리는 끊임없이 목표를 만들고 그걸 달성하는 데서 보람을 얻고, 한 단계씩 성장하며 남은 삶을 살아갈 동력을 얻는다. 나는 전셋집을 얻는 과정에서 커다란 목표의 중요성을 알게 되었고, 자연스레 돈을 쓰는 방법도 바뀌었다. 커다란 목표들을 위해.

한창 돈이 궁했던 시절에는 명품 매장 앞을 지나가며 쇼윈도 안에 전시되어 있는 신상 가방들을 탐냈었다. 나는 왜 저 가방을 들지 못할까, 언제쯤 저 가방을 들 수 있을까? 아이러니하게도 원한다면 가방 하나쯤은 충분히 살 수 있게 된 지금은 그런 마음이 들지 않는다. 몇백만 원짜리 가방을 사는 대신, 매달 쏟아져 나오는 신상 화장품을 사는 대신, 다달이 네일 아트를 받는 대신, 미용실에서 비싼 돈을 주며 머리를 하는 대신, 언젠가 내 집을 마련하게 될 날을 위해 만들어둔 적금 통장에 붓는 금액을 두 배로 늘렸다. 꼭 차를 타야 할 일이 있을 때는 택시를 타면 된다고, 평생 그렇게 큰돈을 들여 차를 사는 일은 없을 거라고 말하고 다니던 내가 전세를 얻고 나서 차를 샀다. 원한다면 언제든 어디든 갈 수 있게 되었다. 기동성이 있다는 건 삶에 엄청난 변화를 가져다주었다.

집과 차에 금액을 지불하는 것은 여태 해왔던 그 어떤 소비와도 다른 종류의 소비였다. 단지 금액이 높아져서, 다달이 내야 하는 카드값이 생겨서가 아니라 내 인생에 영향을 미친다는 점에서 그랬다. 전세금을 이체한 뒤 통장은 말 그대로 '텅장'이 되었지만 매일 눈을 떠 내가 살고 있는 공간을 둘러볼 때마다 기분이 좋아졌다. 지금껏 살면서 이토록 오래 마음에 드는 소비가 있었던가. 간절히 가지고 싶었던 물건을 샀을 때도 행복으로 부푼 마음은 그리 오래 가지 못했던 것과 다르게 이번 소비는 두고두고 내 기분을 공중으로 붕 띄웠다. 차가 생긴 덕에 생활 반경이 거의 전국에 가깝게 넓어졌다. 먼 곳에 있는 식당이나 백화점도 부담 없이 다녀올 수 있게 되었고, 스트레스가 심한 날엔 충동적으로 차를 타고 강원도로 갈 수 있었다. 큰 소리로 부서지는 속초의 밤 파도를 보고 있으면 많은 일이 희미해졌다. 차가 끊긴 시간에도 걱정 없이 이동할 수 있었고, 택시 기사의 성차별적인 표현이나 반말에도 귀를 닫고 창밖만 바라볼 필요가 없었다. 이전에는 지하철과 버스를 갈아타고 두 시간 가까이 걸리던 거리를 차를 타면 한 시간도 걸리지 않고 갈 수 있었는데, 여기서 주목해야 할 점은 시간 단축이 아니었다. 쩍 벌린 다리로 내 공간을 더욱 좁게 만드는 옆자리 남자나, 소리치듯 큰소리로 통화하는 사람들, 비린내가 나는 장바구니를 들고 탄 할머니, 예수천국 불신지옥을 외치는 아저씨, 묻지도 않고 무릎에 동정을 요하는 유인물을 올려두는 잡상인. 이 모두에게서 해방이라는 것이었다. 수많은 사람들 사이에 온갖 보기 싫은 모습과 맡기 싫은 냄새를 맡아가며 이어폰으로 들려오는 음악 소리에만 집중하지 않아도 되었고, 출퇴근 시간이면 앉지도 못한 채 손잡이 하나에 의지해 근처의 누군가가 자리에서 일어나기만을 매의 눈으로 관찰하지 않아도 되었다. 내 차에선 내 키에 맞춘 시트에 편하게 앉아 좋아하는 음악을 크게 틀고 가사를 고래고래 따라 부를 수 있었다. 여름엔 에어컨을, 겨울엔 히터를 틀었고 외투와 가방은 언제나 조수석에 휙 던져놓았다.

게임 캐릭터에 대입하자면, 나는 지금까지 비싼 장비는 감히 생각하지도 않고 레벨 업에 도움도 안 되는 치장 아이템들을 사는 데 모든 돈을 쓰고 있었던 거다. 물론 그게 나를 행복하게 만들 수도 있지만 그걸 계속 유지하려면 나는 끊임없이 밑 빠진 독에 물 붓듯이 소모적인 소비를 해야만 한다. 내 캐릭터는 근사하고 예쁠지언정, 레벨이 낮아 돈을 벌기 힘들고 게임 속 세상의 극히 일부밖에 경험하지 못한다. 치장에 투자하는 대신 돈을 모아 내 캐릭터의 성장에 도움이 되는 알맞은 아이템을 구입하고, 그걸 발판 삼아 다음 퀘스트로, 다음 레벨로 나아가야 더 많은 맵과 콘텐츠를 경험할 수 있다는 사실을 나는 전셋집을 얻으며 배웠다.

동시에 나는 내 집 마련에도 더욱 관심을 가지게 되었다. 그동안은 어떻게든 되겠지, 하고 막연하게만 생각했던 미래를 구체적으로 그려보기 시작했다. 부동산 관련 카페에 가입하고 시간이 날 때마다 들어가 새로 올라오는 글들을 살펴봤다. 그곳은 신세계였다. 부모님의 지원을 받지 않는 이상, 내 나이대의 청년들은 아직 월세 생활을 하거나 나와 비슷하게 살 거라고 예상했는데 전혀 아니었다. 고등학교를 졸업하고 바로 경제 활동을 하다가 경매에 눈을 떠 많은 돈을 만지고 있는 사람도 있었고, 청약 시스템을 똑똑하게 이용해서 사회 초년생임에도 자기 명의의 집이 있는 경우도 있었다. 다들 어디서 그렇게 정보를 얻는 건지 쏟아져 나오는 각종 소식에 분명 글을 읽고 있는 건데도 눈앞으로 문자들이 정신없이 휙휙 지나가는 것 같았다. 물론 나도 청약 통장은 필수라는 말에 일찍이 청약 통장을 만들어 매달 꼬박꼬박 납입하고 있었지만, 얼마씩 얼마나 오래 부어야 하는지, 지역에 따라 필요한 최소 예금액은 얼마인지는 며칠간 카페를 살펴보고서야 알았다. 그다음엔 청약 사이트를 매일 들락날락하기도 하고, 부동산 관련 기사가 눈에 띄면 일단 눌러보기도 했다.

내가 쟁취하고 만들어가는 삶은 깊이 뿌리 내리고 있던 나의 태도를 바꾸게 했다. 요즘 나는 내가 살고 있다고 느낀다.

3장

집이 생겼습니다

인생 가장 큰 쇼핑

내 버킷리스트의 마지막은 '이십 대에 내 집 마련하기'였다. 그리고 스물아홉이 되던 해 봄에 내 명의의 집을 계약함으로써 버킷리스트를 모두 이뤘다. 그래봤자 세 개뿐인 리스트지만.

왜 꼭 이십 대냐고 묻는다면 저 버킷리스트를 만들 때 나는 어렸고, 그때까지만 해도 무조건 베베가 없으면 나도 없는 거라는 마음에 서른 전후로 내가 세상에 없을 거라고 생각했다. 그전에 나만의 공간을 이토록 갈망하는 내가, 계약 만기 등의 이유로 전전긍긍하지 않고 마음 편히 살아갈 집이 생긴다면 좋겠다고 소망했다. 살아지는 게 아닌 살고 있다고 느낀 순간부터 그 마음은 조금 변했지만, 그렇다고 갑자기 버킷리스트를 수정하는 것도 이상한 것 같아서 일단 할 수 있는 데까지는 해보자고 결심했다. 사실 로또 1등 당첨 같은 일확천금을 노리는 게 아니라면 실현이 어려운 목표라고 생각하면서도 막연히 나를 믿었다. 객관적으로 어려운 일이더라도, 나는 할 수 있다. 지금까지 더 힘든 일들도 다 헤쳐내고 여기까지 온 나니까.

집을 산다면 꼭 송도에 사고 싶었다. 송도에 살면서 더욱더 그 도시가 좋아져서 어디를 가든 이보다 만족스러운 생활 환경을 만들 수는 없을 것 같았다. 매매가를 파악하고, 새로 지어지는 건물을 살펴보기 위해 거의 매일 부동산 중개 앱을 들어가다 보니 그게 내 일과의 일부분이 되었다. 스물일곱 겨울에 송도에 왔는데 정신을 차려보니 어느덧 스물아홉이었다. 이제는 버킷리스트를 이루기 위해 현실적인 액션을 취해야 했다. 하지만 야속하게도 송도 집값은 1년 사이에 훌쩍 올라 있었고, 오른 집값을 위해 돈을 계속 모으는 동안 집값은 또 오를 게 분명했다. 어쩔 수 없이 나는 내 수중에 있는 돈과 은행 대출을 최대로 받았을 때 마련할 수 있는 금액보다 조금 저렴한 아파트를 찾아 나섰다. 습관처럼 부동산 중개 앱으로 이곳저곳의 매물을 살피다 발견한 경기도의 한 아파트는 지어진 지 오래되지 않았고, 25평임에도 꽤 넓어 보였다. 단지가 잘 관리되어 있었는데 집값이 아직까진 그리 높지 않았다. 내친김에 바로 해당 집을 보러 차를 끌고 집을 나섰다. 꼭 송도에서 집을 봤던 날처럼 햇빛이 찬란했다. 시원스레 뻗은 고속도로를 타고 도착한 아파트는 앱으로 봤던 사진보다 더 괜찮아 보였다. 집과 공원이 가깝다는 것이 얼마나 삶의 질 향상에 도움이 되는지 잘 알고 있었기에 먼저 단지 밖으로 차를 타고 한 바퀴 돌았다. 단지와 단지 사이에 길고 좁게 난 길 양쪽으로 초록빛 잎들이 무성한 나무가 줄지어 서 있었는데 빛을 받아 그 모습이 더욱 싱그러웠다. 개울이 흐르는 공원도 보였다. 센트럴 파크나 호수 공원처럼 크진 않지만 베베와 가볍게 산책을 하기에는 제격이었다. 근방에 초등학교도 있었고, 여러모로 동네가 평화로워 보였다. 근처를 살피곤 아파트를 입구를 가로막고 있는 차단기 앞에 섰다. 경비실 호출을 누르고 집을 보러 왔다고 하니 쉽게 문이 열렸다. 빈자리가 많이 보이는 지하 주차장에서는 클래식 음악이 흘러나오고 있었는데, 그 선율이 너무 듣기 좋아 이 아파트의 첫인상에 아주 큰 점수를 주게 되었다. 부동산에 연락도 하지 않고 무작정 달려온 거라 단지 내부를 직접 걸어 보며 근처 부동산을 찾았다. 그런데 어쩐지 정문에도, 후문에도 빼곡한 부동산들이 죄다 불이 꺼진 채 컴컴했다. 프리랜서라 요일 개념이 없었는데, 부랴부랴 휴대폰을 확인하니 그날은 일요일이었다. 혹시나 하는 마음에 주변 부동산 몇 군데에 전화를 했고, 감사하게도 나올 수 있다는 중개사가 있었다. 덕분에 해당 아파트에서 네다섯 개의 매물을 볼 수 있었다. 풍부한 채광과 조용한 단지가 참 마음에 들었다. 방이 세 개라는 것, 화장실이 두 개나 있다는 것도 같은 가격으로는 송도에서 상상할 수도 없는 일이었다. 애초에 송도에서는 은행 대출을 최고로 끌어모아도 살 수 있는 집이 없기도 했고.

며칠 뒤 제대로 약속을 잡고 다시 방문해 근처에 비슷한 금액대의 다른 단지도 둘러봤지만, 처음 봤던 아파트가 가장 마음에 들었다. 그중에서도 마음에 쏙 들었던 매물을 선택했다. 거실이 남서향으로 나 있어 오랫동안 빛이 잘 들어오고 꼭대기 층이라는 것도 좋았다. 매매를 한 집이라 오래 살게 될 거고, 별일이 없다면 평생 살 수도 있는 집인데 만약 윗집에 아이들이 있거나, 발소리가 시끄러운 사람이 산다고 생각하면 소음에 몹시 예민한 나로서는 상상만으로도 머리가 아팠다. 집에 돌아와 메모장 가득 셈을 해봤다. 내가 현재 가지고 있는 현금과 이 집을 빼면 받을 전세금, 만약의 상황을 대비해 대출이 60% 정도만 나온다고 가정하고 은행에서 받을 수 있는 돈, 인테리어를 하기 위해 따로 빼둘 금액……. 살짝 모자라긴 했지만 진행 중인 큰 프로젝트가 두 건 있어서 잔금을 치르기 전까지 그 돈을 받으면 가능하겠다고 결론 내렸다. 부동산에 전화를 걸어 계약을 하겠다고 말하고 계약금을 보냈다. 여태껏 자취방을 계약할 때 늘 보내왔던 거래 금액의 10%인데 매매 금액 자체가 억 단위가 되니 계약금도 어마어마했다. 혹시 한 자리라도 틀리진 않았을까 이체 버튼을 누르기 직전까지 "일, 십, 백, 천, 만, 십만, 백만……"을 몇 번이고 중얼거렸다.

계약금을 보내고서는 바로 부동산에서 연결해준 대출사로 연락했다. 매매를 계획하기 전까지는 단순히 주택담보 대출 신청을 하면 되는 줄 알았는데 매매 준비를 하면서 찾아보니 종류도 많을뿐더러 대출을 해주는 주체도 여럿이라 어떤 종류의 대출을 받을지 결정하는 게 첫 단계였다. 이율이 낮은 대출 상품일수록 조건도 까다로운 편이었는데 난생처음 듣는 정보와 단어투성이였다. 이전에 전세를 구하며 많이 배웠다고 생각했건만 매매는 전혀 다른 세상 이야기였다. 집 가격이 왜 실거래가와 KB 시세로 나뉘는지, 어느 지역이 투기과열지구이고 어느 지역이 조정 대상 지역인지, LTV와 DTI는 무엇인지……. 포털 사이트에 수십 번 검색해 읽고 또 읽어도 돌아서면 까먹는 것들이었다. 대출을 실행하고자 하는 매물의 면적과 가격에 따라서도 가능한 대출 상품이 갈렸다. 비교적 조건이 좋은 대출은 면적이 85m² 이하, 가격은 6억 원까지로 제한되어 있었는데 다행히 내가 구입을 원하는 아파트는 이에 부합했다. 최종적으로 보금자리 대출을 신청하기로 하고 여러 가지 서류를 서둘러 준비하기 시작했다. 직장을 다니는 건 아니지만 재작년 전세 자금 대출을 받을 때도 카드 사용 내역으로 소득 증빙을 수월하게 했기 때문에 이번에도 그럴 거라고 생각했다. 그러나 그사이 내가 새로이 사업자를 내서인지 요구하는 서류가 달라졌다. 카드 사용 내역과 더불어 재직 증명서를 떼오라고 했다. 나는 프리랜서라 한 회사에 직원으로 있는 게 아니라 여러 회사에서 외주를 받아 돈을 번다고 여러 차례 설명했지만 대출사는 프리랜서라는 개념을 잘 모르는 건지 막무가내였다. 결국 가장 오랫동안 함께 일하고 있는 회사 두 곳에 문의를 했고, 재직 증명서는 발급이 불가하지만 위촉 증명서는 가능하다는 설명을 해주었다. 찾아보니 위촉 증명서와 재직 증명서엔 동등한 효력이 있었다.

전세 대출 때도 느꼈지만 대출은 참, 사람의 마음을 초조하게 만든다. 승인이 나는 날까지도 될지 안 될지 확실하지 않은데 그 와중에 살던 집을 내놓아야 하고 이삿짐센터와 계약해 짐도 싸야 하고 가구도 주문해야 한다. 그렇게 모든 준비를 마친 뒤 잔금 직전에 대출이 불가하다고 통보받으면 어떡하나, 대출사는 된다고 확언했지만 나는 끊임없이 온갖 상상을 할 수밖에 없었다. 다행히도 잔금 당일 대출이 무사히 승인되어 매도인 계좌로 입금되었고, 나는 무사히 잔금을 치렀다. 대출사와 마찬가지로 법무사도 부동산에서 연결해줬다. 법무사 수수료가 아깝다면 혼자서도 등기 처리를 할 수 있지만 가뜩이나 정신없을 시기에 그것까지 알아보면 어딘가 실수를 할 것만 같아서 모두 맡겼다.

잔금 당일 부동산에서 법무사와 매도인을 만났다. 나도, 매도인도 기계처럼 앞에 놓이는 서류들에 정신없이 사인을 하고 송금을 한 뒤 이체 확인을 했다. 집 열쇠와 입주 시 받았던 안내 책자 등을 인계받고 나니 한 시간이 훌쩍 흘러 있었다. 다음 날부터 바로 인테리어 공사에 들어가기에 그전에 마지막으로 계약한 집에 들렀다. 내일부터 이곳도 다 부서지고 내 취향대로 새로 세워지겠지. 신발 소리를 내며 마룻바닥을 걸었다. 그리고 거실 창가에 서서 바깥을 바라봤다. 건너편 동과 동 사이로 첩첩이 쌓여 있는 산 아래, 황금빛으로 빛나는 논이 보였다. 불과 며칠 전까지 내 집 거실 창밖으로 보이던 고층 유리빌딩과 반짝이며 흐르는 바닷물과는 다른 풍경이었다. 이제 나는 이 풍경을 보며 한참을 살아가겠구나, 생각했다. 머릿속에 여러 장면이 스쳐 지나가며 복잡 미묘한 감정이 깊은 곳에서 올라왔다. 처음 자취방을 얻었던 날부터 인테리어 필름지 하나로 집 분위기를 바꾸고 좋아했던 날, 생애 처음으로 전선을 꼬아 조명을 바꾼 날, 그리 친하지도 않았던 지인에게 몇 년 만에 연락해서 돈을 좀 빌려줄 수 있겠냐고 부탁했던 날, 결국 아무것도 해결되지 않아 비상계단에서 친구와 통화하며 엉엉 울었던 날, 4층 동쪽 집에서 복작복작 갖가지 요리를 해 먹고 작은 방을 구석구석 돌아가며 사진을 찍었던 날…….

며칠 후 내 이름이 커다랗게 쓰여 있는 등기권리증을 받았다. 나에게 등기권리증을 넘겨주며 부동산 사장님이 말했다. 이게 바로 그 '집문서'라고. 예전에는 정말 두꺼웠는데 요즘에는 이렇게 간소화되었다며 직접 서류를 꺼내 한 장씩 확인시켜 주셨다. 일반적인 계약서 두께의 서류를 가슴에 품고 부동산을 나서며 비로소 나의 집이 생겼다는 사실이 실감 났다.

인테리어의 세계

'내 집 마련'이라는 건 단순히 내 마음대로 꾸밀 수 있는 공간이 생긴다는 것, 혹은 더 이상 월세가 오를까 걱정하거나 늘 이사를 염두에 두고 살지 않아도 된다는 의미를 넘어 집안일 중에서 설거지만큼은 끔찍이 싫어하는 내가 드디어 주방에 식기세척기를 둘 수 있게 되었다는 뜻이기도 했다. 그 사실만으로도 이미 벅차게 설렜지만 그건 고작 시작에 불과했다. 번들거리는 하이글로시가 싫어 자취방 싱크대 하부장을 무광 시트지로 덧대거나, 어깨와 목이 뻐근하다 못해 저릴 정도로 기본 조명과 씨름하며 마침내 억센 전선을 천장 안 구멍으로 욱여넣고 마음에 드는 새 조명을 다는 정도가 지금껏 내가 공간을 바꾸기 위해 해왔던 일이라면, 전문가들의 인테리어 세계에선 예산만 넉넉하다면 집을 구성하고 있는 모든 것들을 내 마음대로 바꿀 수 있었다. 심지어 구조까지도.

지난 6년의 자취 경험을 토대로 내 취향은 확실해졌다. 천장에 형광등은 다 없애야지, 주방 하부장은 내 키에 맞춰 높이를 평균보다 조금 더 올려야지, 마루는 어두운색으로 깔아야지……. 인테리어 업체를 알아보기도 전에 완성된 집이 머릿속에 생생하게 그려졌다. 하지만 인테리어를 진행하려면 필연적으로 그 머릿속에 있는 그림들을 밖으로 꺼내 누군가에게 보여줘야 한다. 인테리어 업체 실장에게, 현장 인부들에게, 혹은 가족이나 동거인에게.

태블릿을 꺼내 들고 가장 먼저 이사하게 될 집의 장점과 단점을 생각했다. 주방과 거실이 마주 보고 있는 형식의 25평 아파트는 거실이 남서향, 주방이 북동향으로 아침엔 주방에 난 창으로 보랏빛 하늘을 볼 수 있고, 오후가 되기 전까지 밝은 빛이 들어온다. 거실은 점심 이후부터 빛이 들기 시작하는데 시간이 지남에 따라 빛의 방향과 길이가 달라지며 집안 곳곳 골고루 따뜻한 기운을 전한다. 특히 오후 4시에서 5시에는 거실의 한쪽 벽면에 커다란 빛기둥이 생긴다. 내가 집을 보러 왔다가 마음을 빼앗긴 날처럼. 하지만 지어진 지 그리 오래된 아파트가 아니라 여느 신축 건물들이 그러하듯 집안에 기본적으로 들어가 있는 수납장이 많았다. 거실에는 냉장고 장과 전자레인지 장, 안방에는 화장대와 옷장, 작은방에는 다용도 붙박이장. 기분과 계절에 따라 위치를 변경하는 것도 불가하고, 마음에 안 들면 팔 수도 없는 데다가 가뜩이나 넓지 않은 공간을 더 좁아 보이게 만드는 그런 각종 장들이 정말 싫었다. 집주인이 인테리어 공사를 하지 않는 이상 집이 지어지는 순간부터 철거될 때까지 몇십 년간 내내 그 자리를 지키며 거대한 공간을 차지하고 있다고 생각하면 더더욱. 게다가 주방 구석에 있는 펜트리 룸은 주방에 비해 너무 커서 어느 날 갑자기 좀비 사태가 일어나더라도 혼자 세 달은 먹고 살 음식을 비축해둘 수 있을 것만 같았다. 없앨 수 있다면 과감히 벽을 트고 주방의 구조를 바꾸기로 마음먹었다.

다음은 내가 좋아하는 이미지 중에 정말 내 집에 적용할 수 있을 법한 디자인을 추리는 작업을 했다. 오래전부터 내 집이 생긴다면 해보고 싶은 인테리어 사진들을 인스타그램과 핀터레스트를 통해 모아놓은 상태였다. 몇 년에 걸쳐 여러 사진이 추가되었다 삭제되기를 반복한 폴더에는 유사한 이미지들만 남았다. 대충 훑어보기만 해도 내 취향이 확고하게 느껴졌다. 취향은 유행을 타기도 하고, 시간이 지나며 변하기도 하니 이렇게 장기적으로 이미지를 모아보는 것은 취향의 뿌리를 찾는 데 아주 큰 도움이 된다. 한순간 예뻐 보였던 이미지, 유행이라서 추가했던 이미지, 좋은 디자인이라고 해서 추가했던 이미지, 누군가의 온라인 집들이에서 보고 혹해서 추가했던 이미지……. 제할 것들을 지우고 나면 아무리 시간이 지난다고 하더라도 쉬이 흔들리지 않을 내 취향의 뿌리만 남는다.

마지막으로 우선순위를 정했다. 만약 예산이 모자란다면 포기해도 괜찮을 부분과 아무리 비용이 많이 든다고 해도 고집하고 싶은 것. 'Home sweet home'이라는 제목의 문서 파일은 어느새 7페이지가 넘어가고 있었다. 거실, 주방, 현관 등 공간별로 내가 하고 싶은 인테리어와 가장 닮은 참고 사진을 첨부하고, 해당 이미지에서 어느 부분이 마음에 들었는지, 어느 부분을 바꾸고 싶은지 메모를 달았다. 덕분에 계약하기도 전에 받았던 예상 견적서는 공사가 끝날 때까지 변동이 없었고, 주 1회 간격으로 진행되던 인테리어 업체와의 디자인 미팅 또한 매우 수월하게 흘러갔다. 내가 하고 싶은 것을 쏟아 놓기만 해도 한 시간이 훌쩍 지나갔다.

전시장 같은 집. 그게 내가 바라는 내 집의 모습이었다. 여행을 많이 다닌 편이고 호텔이나 호스텔보다는 에어비앤비를 선호하기에 세계 각국 평범한 집의 모습을 많이 봤다고 자부할 수 있지만, 그중에서도 4년 전 포르투갈 여행에서 마주했던 숙소 두 곳은 유독 잊히지 않는다.

온 거리에 파란 타일이 가득했던 포르투갈에서는 하얗고 까만 집을 만났다. 새하얗게 페인트칠이 된 벽과 무광으로 은은하게 빛을 머금고 있는 까만 바닥과 가구들. 주방엔 아일랜드 조리대가 있었는데 그마저도 검은색이었다. 조리대 뒤로는 벽 전체를 차지하고 있어서 마치 벽처럼 보이는 붙박이장이 있었다. 손잡이가 없어 한쪽 벽면만큼이나 커다란데도 전혀 거슬리지 않았고, 꾹 눌러서 열면 전자레인지와 각종 조리 도구, 식재료가 나왔다. 붙박이장이 탐이 났던 건 그때가 처음이자 마지막이었다. 그곳에 머물며 나는 벽을 자주 만졌다. 식탁에서 침대까지 걸어가면서 손가락 끝으로 벽을 살짝 쓸어보면 거칠면서도 부드러운, 페인트만의 질감이 그대로 느껴졌다. 벽지 대신 페인트로 천장과 벽을 마감하는 건 여행하면서 이미 많이 봤던 형식이지만, 그 집은 뭔가 달랐다. 벽과 벽, 벽과 천장이 만나며 만들어내는 직선과 면이 기가 막히게 곧았다. 빛이 한쪽 면을 밝게 비추고 맞닿아 있는 벽은 반사광이 살짝 미치다가 서서히 어두워졌다. 침대에 누워 선과 면들을 보고 있으면 마음이 편해졌다. 특별히 예쁜 인테리어 소품이 있는 곳도 아니었는데 계속 카메라를 들게 되었다. 천장에 달린 창문, 고운 분홍색 페인트로 칠해진 테라스, 문을 타고 흘러나오는 노란 불빛과 거실의 푸른빛이 섞이는 장면 같은 걸 찍었다. 2층에 있는 침대에 가기 위해 계단을 오를 땐 나도 모르게 뒤꿈치를 살짝 들고 사뿐사뿐 걸었다. 테라스의 테이블에 늘어지듯 앉아 있으면 한낮의 따가운 태양도 마냥 반가웠다. 하루는 아침부터 우중충하더니 온종일 비가 내렸다. 원래도 비 오는 걸 별로 좋아하지 않는 데다가, 일분일초가 아쉬운 해외여행에서의 비 소식은 더욱 야속하기만 했다. 아침을 먹고 친구가 씻기를 기다리며 침대에 누웠는데 하얀 면 침구가 나를 폭 감쌌다. 침대 위 천장에 난 창으로 떨어지는 빗방울을 보고 있자니 갑자기 비가 오는 날이 낭만 그 자체가 되었다. 고작 며칠을 그곳에서 보냈을 뿐인데 어느새 집에 푹 빠져 그곳에 동화되어 있었다. 이 집을 지은 사람은 어떤 사람일지 너무나 궁금해졌다.

리스본에서 머물렀던 집에선 호스트를 만날 수 있었다. 집 전체가 아니라 방 하나만 빌렸기 때문에 여행하는 동안 호스트와 한 공간을 공유하며 지내야 했다. 몸통 크기의 캐리어를 들고 가파르게 꺾인 나선형 계단을 끙끙대며 오르자 인상 좋은 여자분이 문을 열며 나를 반겼다. 하얀 셔츠에, 풀어헤친 금발 머리, 포르투갈의 강렬한 태양에 서서히 태워졌을 까무잡잡한 피부. 집을 소개하며 자신의 직업이 뭐라고 했던 것도 같은데 기억에 남는 건 그 집의 거실뿐이었다. 밟는 족족 삐걱대는 나무 바닥도, 바람만 불면 사정없이 온몸을 휘감는 복도의 기다란 커튼도, 천장의 고풍스러운 몰딩 장식도 다 내가 좋아하는 것과는 거리가 멀었지만 커다란 거실 한가운데 놓인 거대한 나무 책상과 그 위에 놓인 커다란 아이맥, 그 뒤 병풍처럼 자리를 지키는 길쭉한 초록 식물들이 너무 완벽하게 조화를 이뤄서 영화 속 한 장면 같았다. 나도 언젠가 내 집이 생기고 집에서 일을 하게 된다면 거실 전체를 책상에게 할애할 수 있을까? 아마 나는 거실에 책상을 놓게 되더라도 네 개의 면 중 적어도 한 면은 벽에 붙여 본능처럼 공간을 절약하고야 말 거라는 결론이 났다.

멋있는 집에서 보내는 며칠은 매일 아침 눈을 떠 내가 일어난 공간을 보는 순간부터 터벅터벅 화장실로 가 양치질을 하고 낯선 이름의 조미료 병들을 보며 주방에서 요리를 할 때까지 종일 붕 떠 있는 기분이었다. 내 집에서도 그런 기분을 느끼고 싶었다.

살면서 짐과 가구를 최소화할 자신은 있었다. 그전에 일단 인테리어가 훌륭한 밑바탕을 만들어줘야 했다. 주방 펜트리 룸을 철거하고 기역(ㄱ)자였던 주방 구조를 일(ㅡ)자로 변경했다. 혼자 사는 집이기에 수납할 물건이 많지 않아서 상부장도 없앴다. 집안의 모든 수납장을 철거하고 포르투갈에서 봤던 선과 면을 재현하려고 몰딩과 걸레받이를 뜯어냈다. 벽과 천장은 페인트가 칠해질 매끈한 바탕을 만들기 위해 석고보드와 mdf를 두 장씩 덧댔다.

새로운 집이 뚝딱뚝딱 변신을 거듭하고 있는 동안 나는 친구 집과 엄마 집을 전전하며 틈틈이 공사 현장에 들렀다. 인테리어 공사는 한 달을 꽉 채운 일정이었는데, 맨 처음 철거와 거의 끝 공정의 마감을 제외하고는 진도가 지지부진해 보였다. 지난주에 들렀던 현장과 이번 주에 보는 현장이 별반 차이가 없어서 '이거 제대로 진행되고 있긴 한 건가?' 하는 걱정이 들었다. 자기들끼리 큰 소리로 떠들거나 담배를 피우고 있는 인부들과 어색하게 인사를 하며 공사 중인 집에 들어서는 것도 영 불편했다. 처음에는 현장에 대해 정확히 알고 있는 것도 없고, 단지 얼굴이라도 자주 비춰야 내가 이 집에 최선을 다하고 있는 기분이 들어 향했던 것인데 의외로 갈 때마다 매번 눈에 띄는 것들이 생겼다. 콘센트 높이가 모두 제각각으로 뚫려 있다거나, 타일을 가로로 붙여달라고 했는데 세로로 붙어 있다거나, 천장 몰딩에 필름 작업이 빠져 있다거나, 복도와 똑같은 너비로 뚫어달라고 했던 벽에 뜬금없는 턱이 생겨 있는 일들.

실수인 것들은 바로 수정하고, 계획과 다르게 시공했던 사정은 뒤늦게 이유를 들었다. 처음이야 그럴 수 있다고 생각했는데, 큼직한 공사가 끝나고 나서도 계속해서 잘못된 부분들이 생겨났다. 욕실엔 내가 요구한 것과 다른 색의 수전이 설치되었고, 변기 정심이 하수구에 정확히 맞물리지 않아 침실에 하수구 냄새가 퍼졌다. 싱크대의 인조대리석 상판에는 내가 말한 부분과 다른 곳에 콘센트 구멍이 뚫려 있었다. 요청과 다른 모든 것들을 하나하나 지적하고 무상으로 재시공을 받았지만,

종국에는 연락도 잘 안 되고 약속을 어기기 일쑤였다. 공사 기간이 길어지면 힘들어지는 건 나였기에 머릿속으로 '참을 인'을 수백 번 새기며 새집으로 이사 갈 날을 손꼽아 기다렸다. 언제까지고 끝날 것 같지 않았던 공사가 마침내 끝이 났을 땐 엄마와 사흘간 대청소를 하고, 그 후 다시 나흘에 걸쳐 집안 유해물질들을 빼내는 베이크 아웃을 했다. 모든 물건의 정리를 마칠 때까진 여전히 엄마 집에 머물며 하루 몇 시간씩 이삿짐 박스를 비워나갔다. 이 집이 완벽히 나를 맞을 준비를 했을 때, 나 홀로 나의 집에서 첫날밤을 보내고 싶었기 때문이다.

두근거리는 마음으로 시작한 인테리어는 결국 이를 갈며 끝이 났지만, 완성된 집에서 첫날밤을 보내는 순간 거짓말처럼 두근거림이 다시 온 마음을 채웠다.

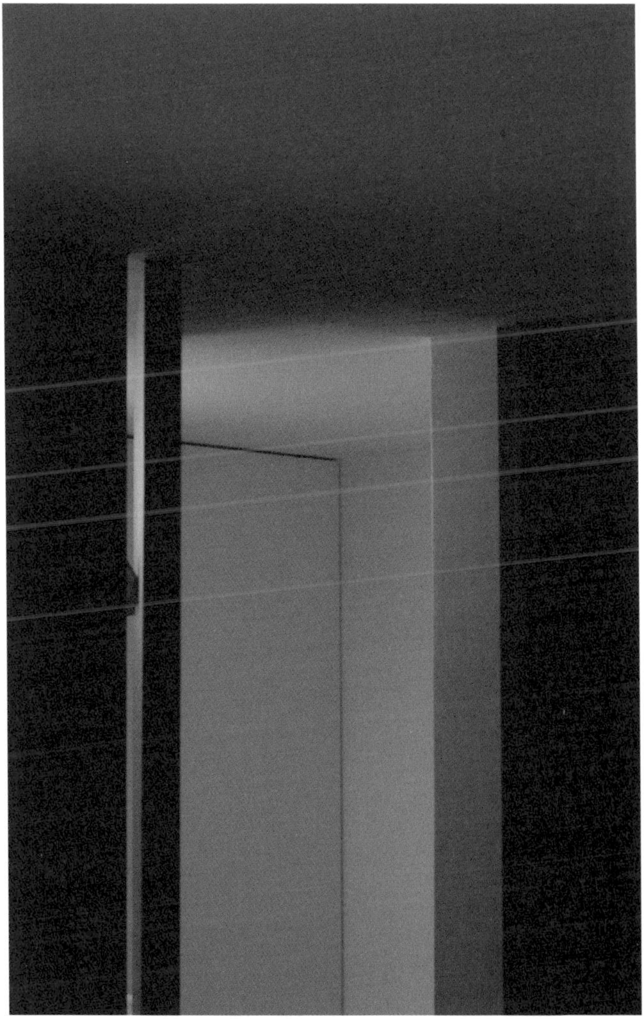

예쁜 게 취향입니다

막내 이모는 운전할 때마다 꼭 장갑을 낀다. 엄마가 고집스럽다고 놀려도 아랑곳하지 않는다. 비가 오거나 날씨가 푹푹 쪄도 차에 타서 가장 먼저 하는 일이 장갑을 끼는 것이라는 사실엔 변함이 없다. 운전석에 앉으면 바로 대시보드로 손을 뻗어 가지런히 놓인 장갑을 양손에 하나씩 끼는 것은 이모의 습관이고, 취향이자 뚝심이다. 나는 그런 뚝심이 좋다. 남들이 뭐라건 굳세게 취향을 지키는 힘. 누가 뭐라 해도 흔들리지 않을 확고한 취향이 있다는 것은 나와 내 공간을 만들어가는 데 아주 큰 도움이 된다. 주방 중앙에 거대하게 자리 잡아놓고 열리지도 않는 통창, 아무것도 없이 덩그러니 비어 있는 거실의 한쪽 벽,

소파 자리를 대체하고 있는 철제 다리 의자 두 개, 수납장과 샤워부스의 문도 없는 화장실. 이것들은 내가 지키고 싶은 취향이다.

취향에 대해 생각해 보면, 곧바로 디자인이 떠오른다. 특정 색깔을 선호하는 것도, 어떤 브랜드의 가구들을 좋아하는 것도 모두 디자인에서 시작되는 취향이다. 나는 어두운 가구를 좋아하고, 저상형 침대보단 다리가 달린 프레임 위에 올라간 단단한 매트리스가 좋다. 만약 나무가 들어간 가구를 사야 한다면 밝고 노란 계열의 오크보단 어둡고 붉은 계열의 월넛이어야만 한다. 같은 재질로 유광과 무광이 있다면 무광을 택하고, 속커튼을 고를 땐 얇고 나풀거리는 시폰 소재보다 조직감이 보이는 린넨이나 폴리에스터 재질을 선호한다. 곡선보단 직선이 좋지만 차는 각진 것보다 유려한 곡선이 있는 쪽이 멋지다고 생각한다. 화분에 식재된 식물을 사면 흙 위에 대개 흰색이나 연한 갈색의 자갈이 깔려 있지만, 나는 검정색 돌을 더 좋아해서 그걸 다 걷어내고 따로 구입한 까만 마사토를 올린다. 아무리 내 마음에 쏙 드는 제품이라도 다른 브랜드 디자인을 모방한 제품이라면 꼭 오리지널을 산다. 만약 그 정품의 값이 너무 비싸서 살 수 없다면 차라리 다른 디자인으로 눈을 돌린다.

우리나라에선 여전히 디자인의 중요성과 역할이 제대로 인정받지 못하고 있지만, 디자인은 삶에 있어 부수적인 게 아니라 필수적인 요소다. 미국 주스 브랜드 '트로피카나(Tropicana)'는 400억을 들여 제품의 패키지 디자인을 바꿨다가 급격한 매출 감소로 두 달 만에 기존 패키지로 돌아갔고, 뉴욕의 '베슬(The Vessel)'은 비싼 돈을 들여 건축물을 지어놓고도 건물의 디자인 때문에 연이은 사고가 발생하며 폐쇄와 개장을 반복해야 했다. 가로등의 곡률과 개수, 벤치가 놓인 방향, 건물 진입로의 경사나 계단의 위치. 도시 디자인은 사람들의 생활방식을 결정하고, 공공 디자인은 사람들의 행동을 유도한다. 수많은 상품이 진열된 마트 매대에서 우리가 무의식적으로 집어 드는 상품 뒤에는 패키지 디자이너들이 있다. 우리는 늘 디자인과 함께 살아간다.

인터넷에 올라오기만 하면 싸움이 벌어지는 주제가 있다. '공중화장실의 철제 레버를 손으로 내리는가 발로 내리는가'. 대개 손으로 내린다는 사람들이 발로 내린다는 사람을 떼로 몰아가며 끝이 나긴 하지만, 나는 서로 싸울 필요 없이 간단하게 이 문제를 해결하는 방법이 바로 디자인이라고 생각한다. 우리가 집에서 사용하는 변기 레버는 아래로 내리는 행동을 유도하는 모양의 플라스틱이거나, 아니면 버튼처럼 누르는 디자인이 대부분이다. 둘 다 손가락 하나로도 간편하게 작동시킬 수 있을 만큼 작고 가벼우며, 변기의 최상단에 붙어 있다. 반면 공중화장실의 레버는 마치 화변기에 달려 있던 걸 그대로 떼어

온 것처럼 생겼다. 그 묵직하고 커다란 쇠막대기는 자연스레 화변기의 발로 밟는 레버를 연상시킨다. 애초에 공중화장실의 변기 레버를 손으로 내리기를 유도할 생각이었다면 위치, 크기, 무게, 방식 중 어느 하나라도 가정용 변기와 비슷했어야 한다. 하물며 우리가 인지하지 못한 채 일상에서 지나치는 디자인도 이렇게나 각자의 삶에 영향을 끼치는데, 우리가 하루 중 가장 많은 시간을 보내는 집에서의 디자인이 얼마나 중요한지는 굳이 말할 필요도 없다. 물론 디자인에 정답이 없는 것처럼 취향에도 정답은 없다. 내가 채도 높은 색들을 기피한다고 해서, 쨍한 색만 골라 화려하게 집을 꾸민 사람을 보고 별로라고 할 순 없다. 누군가는 물건을 모으는 게 좋아 집안 곳곳에 진열대를 두고 아기자기한 소품을 잔뜩 올려둘 수도 있고, 누군가는 식물이 너무 좋아서 베란다에 식물을 가득 두고 매일 아침 그것들을 가꾸며 하루를 시작할 수도 있다. 다만 비슷한 집에서 비슷하게 살더라도 내가 무엇을 좋아하는지, 여러 가지 특성 중 무엇을 선호하는지 알고 사는 사람과 그렇지 않은 사람의 집에 대한 만족도는 차이가 클 거라고 단언해본다. 화이트 인테리어를 좋아해서 온통 하얀색으로 집을 꾸며놓고 사는 사람과 단지 전에 그 집에 살던 사람이 하얀색으로 집을 꾸며놓았기 때문에 화이트 인테리어를 한 집에 들어와 살고 있는 사람. 집은 똑같이 예쁘더라도 앞의 사람이 훨씬 더 능동적이고 행복한 일상을 보낼 수 있지 않을까?

내가 지금 살고 있는 집은 콘크리트 위에 석고 보드를 대고 페인트로 마감한 벽이라 콘크리트에 벽지를 바른 집보다 오염이나 충격에 약할 수밖에 없다. 게다가 주방 벽에만 뜬금없이 타일이 붙는 게 싫어서 싱크대를 포함해 인덕션이 있는 곳까지도 모조리 하얀 페인트가 칠해진 벽으로 통일을 했는데 당연히 양념이 진한 요리를 하게 되면 신경이 쓰인다. 하지만 나는 요리를 할 때마다 젖은 행주로 벽을 닦으면서도 새하얀 무광 벽에 행복을 느낀다. 욕실의 샤워부스에는 문이 없고 그나마 있는 파티션마저 폭이 넓지 않아서 샤워를 하고 나면 세면대 앞까지 물바다가 된다. 하지만 나는 모든 물기를 말끔히 제거하고 다시 건식 화장실로 만드는 과정이 전혀 수고스럽지 않다. 수납장이며 신발장이며 죄다 손잡이가 없어서 친구들이 집에 놀러 왔다가 떠나면 거울에 꼭 손자국이 남는다. 나는 휴지로 그 자국을 쓱쓱 지워내고 모서리를 잡아 지문이 남지 않도록 거울 장을 연다. 불편하고 예쁜 가구와 편하지만 예쁘지 않은 가구 중 하나를 택해야 한다면 나는 일말의 고민 없이 전자를 택할 거다. 나에겐 예쁜 게 그 어느 것보다 중요한 우선순위고, 그게 나의 취향이다.

나는 취향의 힘을 믿는다. 사람들은 자연스레 자신과 비슷한 취향을 가진 사람에게 끌린다. 같은 취향을 가진 사람들은 그들을 하나로 묶을 수 있는 공간에 모여들고 더 적은 말로 더 많은 공감을 건넨다. 종종 친구들이 나에게 불확실한 미래에 대해 고민을 털어놓을 때면 나는 이렇게 답한다.

"넌 뭘 하든 잘될 거야. 내 친구잖아."

사탕발림도, 근거 없는 자신감도, 빈껍데기 같은 위로도 아니다. 나와 내 취향에 대한 굳은 믿음이다. 따지자면 제일 불확실한 미래를 가지고 사는 것은 나지만, 나는 취향과 뚝심이 있는 내가 분명히 어떤 일을 하든 잘 되리라 생각한다. 그러니 내 곁에 있는 친구들도 분명 나와 같을 거라고, 그렇게 믿는다.

몸에 꼭 맞는 집

집을 꾸미는 것만큼 내 취향을 마음껏 펼칠 수 있는 기회가 또 있을까. 나무, 직물, 플라스틱, 스테인리스, 도자기, 유리……. 다양한 재질의 소품들을 다양한 방식으로 재고 따져본다. 색깔, 크기, 가격, 무게, 제작 기간, 성분……. 이번에는 어디에 놓을지, 무엇과 같이 놓을지 이리저리 자리를 바꿔가며 고민한다. 반복되는 과정에서 내가 어떤 사람인지가 점점 선명해진다.

인테리어를 하며 학부 시절 패션쇼 연출을 맡았을 때가 떠올랐다. 다른 4학년들과 똑같이 졸업 패션쇼에 세울 옷을 만들면서도 동시에 장소 대관, 모델 섭외, 음악 선곡 같은 쇼 전

반에 걸친 일을 처리해야 했다. 물론 파트별로 팀을 나눠 아래 학년들이 일을 분담했지만 일을 주는 것도, 최종 결정을 하는 것도, 책임을 지는 것도 내 몫이었다. 무대와 퍼포먼스, 모델, 음악, 의상, 관중이 한데 모여 하나의 쇼를 구성하기 때문에 신경 쓸 부분은 끝이 없었고, 여러 분야가 만나는 만큼 그 사람들의 관계를 조율해야 하는 경우도 많아서 스트레스를 많이 받았다. 하지만 패션쇼 당일 쇼장에 들어서는 순간, 지난 1년간 힘들었던 모든 기억이 말끔히 날아가는 기분이었다. 쇼의 테마라고 볼 수 있는 벽과 바닥의 색상부터 런웨이의 모양, 길이, 재질, 관객들이 앉을 의자 개수와 배치, 각 스테이지마다 선곡된 음악, 사람들이 손에 들고 들어오는 티켓과 쇼장 앞에 커다랗게 붙어 있는 포스터. 아주 사소한 곳 구석구석까지 내 손길이 한 번이라도 닿지 않은 곳이 없었다. 연출 이름표를 목에 걸고 그 한가운데 서니 뿌듯함과 감격을 넘어 하나의 단어로 정의 내릴 수 없는 어떤 거대한 감정에 압도되는 느낌마저 들었다. 그때는 멀지 않은 미래의 내가 집 전체 인테리어를 하게 될 줄은 상상도 하지 못하고 모든 부분 내 손을 거쳐 이만한 공간에서 이만한 행사를 해냈다는 게 인생에 다시는 없을 기회 같아서 너무나 감사했고 자랑스러웠다. 집을 모두 뜯어고치는 것도 비슷했다. 모든 걸 철거하고 사방팔방 콘크리트가 드러난 집을 다시 멀끔하게 만들기까지 내 취향이 닿지 않은 곳이 없었다. 인테리어를 하는 내내 그때 느꼈던 것과 비슷한 감성이 들었다. 긴 과정이 있었기에 이 집이 더욱 내 집처럼 느껴진다.

이 집을 뜯어고칠 때 가장 중요하게 생각한 건 내가 1인 가구라는 점이었다. 동거인이 있거나 가족끼리 사는 집은 인원이 적으나 많으나 비슷한 점이 생기지만, 가구 구성원이 한 명이라는 건 완전히 다른 이야기다. 누군가의 취향에 양보할 필요 없이 내가 원하는 디자인을 마음껏 적용할 수 있다는 건 축복 같은 일이다. 누군가에게 불편하게 여겨질 동선과 구조라도 나에게 잘 맞으면 좋은 집이 되니, 나처럼 예민한 사람이 영원히 혼자 살고 싶어 하는 건 지극히 당연하다.

가구도, 짐도 별로 없는 편이라 기존에 있던 콘센트를 대폭 없애달라고 요청했다. 인테리어 업체 실장님은 보통 콘센트를 더 만들지 못해 안달인데 이렇게나 많이 없애달라는 요구는 처음이라며 웃었다. 내가 콘센트 하나하나 가리킬 때마다 실장님이 매직으로 커다랗게 X 표시를 했다.

벽과 천장은 도장 마감을 하고 몰딩과 걸레받이는 없앴다. 온통 하얀 벽과 천장이지만 거리에 따라, 빛의 방향에 따라 색이 달라서 묘한 깊이감을 줬다. 바닥엔 아주 어두운 고동색 마루를 깔았다. 내가 좋아하지 않는 노란 끼가 하나도 돌지 않는 채도 낮은 갈색으로 정했다. 벽과 천장이 새하얘서 바닥을 어둡게 눌러서 무게감을 주고 싶었다. 부가적인 기능 때문에 철거가 불가능한 몇 개의 전자식 스위치를 제외하고, 집 안 스위치와 콘센트는 모두 독일 브랜드 융(JUNG) 제품으로 통일했다. 요즘 지어지는 건물에는 대부분 전자식 스위치가 들어가는데, 실시간 사용 전력을 보여주는 건 물론, 특정 콘센트를 차단하거나 난방, 환기 시스템까지 모두 방 내부에 있는 스위치 하나로 조절이 가능하다. 그런데 나는 몹시 편리한 스위치가 왜 그렇게도 싫던지. 자고로 스위치는 아무리 컴컴해도 대충 그 위치쯤 손을 더듬어서 달칵 눌러 한순간 조명을 환하게 켜는 맛이 있어야 하는데, 전자식 스위치는 그게 불가하다. 하나의 패드에 복잡한 기능이 집약되어 있어서 원하는 기능을 수행하려면 작은 아이콘을 잘 보고 정확히 그 버튼을 터치해야 하는데, 나처럼 성격이 급한 사람에게 그게 맞을 리가. 안 된다는 인테리어 실장님의 말에도 며칠 밤 침대에서 핸드폰을 붙잡고 전자식 스위치를 일반 스위치로 변경하는 방법을 찾아보고, 관리 사무실에도 문의를 해보고, 다시 한번 실장님에게 부탁해 전기 사장님과 이야기를 해봤지만 결론은 '안 된다'였다. 스위치를 잘못 건드렸다간 스위치에 연결된 콘센트를 못 쓰게 되거나, 난방 기능이 작동하지 않을 수 있었다. 지금이야 멀쩡하더라도 나중에 문제가 발생하면 해결하기가 쉽지 않을 거라고 했다. 스위치가 뭐라고 정말 절망스럽고도 슬펐지만, 어쩔 수 없이 바꿀 수 없는 몇 개의 스위치는 그대로 두기로 했다.

융 스위치와 콘센트는 모두 기본적으로 정사각형 모양을 하고 있다. 정사각형 하나를 기준으로 옆으로 그만큼씩 더 늘려 가며 여러 개를 설치할 수도 있다. 물론 정사각형 하나를 반으로 나눠 작은 스위치 두 개를 넣을 수도 있지만, 기본 사각형의 스위치로 두 개, 혹은 그 이상을 설치하고 싶다면 스위치마다 가로세로 5cm 정도의 공간을 잡아먹으니 자리를 꽤 많이 차지하게 되는데, 나는 그 비효율성이 좋았다. 콘센트도 마찬가지다. 최대한 적은 공간에 최대의 효율을 추구한 흔한 콘센트나 스위치와 다르게, 효율을 포기하더라도 디자인을 택한 이 브랜드가 멋졌다.

구조를 변경하고 수납장을 철거하며 기존보다 훨씬 넓어진 부엌에는 상부장 없이 하부장만 설치했다. 내 키에 맞게 높이를 평균보다 몇 센티미터 높인 뒤 바닥과 비슷한 색의 무늬목 필름으로 마감했다. 가까이서 살펴보면 필름인 게 티가 나지만, 색깔이며 질감이 충분히 만족스러웠다. 진짜 나무를 사용했다면 더 고급스러웠겠지만 물 쓰임이 많은 주방이라 틀어짐이 걱정되었고, 무엇보다 가격이 사악했다. 펜트리 룸이었던 곳에는 냉장고와 식기세척기를 두었다. 둘 다 흰색이라 무늬목 필름을 씌운 하부장과 나란히 보이면 어색한 느낌을 줄 수 있을 것 같아서 정면에선 보이지 않는 곳으로 두 개를 나란히 배치했다. 거실이나 식탁에 앉아서는 보이지 않고 주방에서 있을 때만 보여서 내가 한 배치가 매우 만족스러웠다. 엄마를 포함해 실장님이나 지인들 모두 양문형 냉장고를 추천했지만, 나는 꿋꿋하게 작은 냉장고를 샀다. 위쪽은 냉장고, 아래쪽은 냉동고. 1인 가구에게는 각각 한 칸이면 충분하다. 이미 오피스텔에서 자취를 오래 하며 이보다 작은 냉장고를 가지고도 잘 살아왔기 때문에 확신이 있었다. 주방 벽 가운데 자리 잡고 있었던 이중창은 오랜 시간 고민하다가 통창으로 변경했다. 창 크기가 꽤 커서 통창으로 하려면 유리 무게 때문에 열 수가 없고, 중간을 나눠서 열리게 하기엔 굳이 멀쩡했던 기존 창틀을 뜯어내고 새 창을 넣는 의미가 없다고 생각했다. 창문을 아예 없애버리고 깔끔하게 흰 벽으로 만드는 것도 좋을 것 같아 그 주방에 서 있는 나를 상상하며 열리지 않는 통창과 창이 없는 흰 벽의 주방을 저울질했다. 사실 내가 좋아하는 건 창이 없는 주방이다. 아무것도 없이 깨끗한 흰 벽에 작은 나무 선반이나 하나 무심하게 두는 게 내 로망 속 주방이었다. 하지만 나는 거의 매일 집에서 촬영을 해야 하는 사람이고, 주방에 난 창이 동향이라 해가 안 드는 방향도 아니라 빛을 포기하기엔 아쉬움이 컸다. 결국 열리지 않는 통창을 선택했고, 결과적으로 지금은 몹시 만족한다. 열리지 않기 때문에 프레임은 더 얇아질 수 있었고, 유리 영역은 넓어졌다. 손잡이도, 방충망도 없다. 누꺼운 외벽에 얇은 유리가 끼워져 벽 두께만큼 유리창 앞에 턱이 생기는 게 매력적이다. 선반처럼 가끔 그 턱에 작은 수경재배 식물들을 올려두기도 한다. 커다란 정사각형 창문으로는 종종 비행기가 날아다니는 모습이 보인다. 식탁에 앉아 그 풍경을 보고 있으면 내가 비행기를 탄 것도 아닌데 왠지 설레고 마음이 간질거린다. 비가 오는 날 저녁에는 파란색과 보라색 사이 어딘가 어스름한 도시 속 각종 불빛들이 유리창에 맺힌 물방울과 뒤섞여 한 점의 수채화가 되고, 유난히 노을이 예쁜 날엔 사각형을 빼곡하게 붉은빛으로 채운 하늘에 시선이 빼앗기기도 한다.

싱크볼은 검정색에 네모반듯하게 모든 모서리가 각이 진 것으로, 얇은 인조 대리석 상판에 딱 싱크볼 크기로 타공을 해서 남는 부분 없이 맞아떨어지도록 했다. 그 위에 달린 수전 역시 검은색 무광. 설거지를 하다 보면 물이 튈 수도 있고, 싱크대 위쪽은 여러모로 더러워질 일도, 행주로 닦을 일도 많을 테니 상판과 동일한 인조대리석을 5cm쯤 벽을 타고 올렸다. 그 위쪽에 따로 타일을 붙이진 않았다. 거실에서 넘어온 흰 도장 벽이 주방에도 그대로 적용된다. 타일이 있는 것보다는 오염에 취약하긴 하지만 흐름을 깨지 않아서 좋다. 집에 사람들을 초대하는 걸 좋아하기 때문에 식탁은 큰 걸로 골랐다. 가로 1600mm 식탁에 의자 네 개. 그 위에 달린 UFO 같은 조명 또

한 이 집의 분위기와 잘 맞아떨어진다.

우리 집 거실에는 소파도 TV도 없다. 소파가 있을 법한 자리에는 검은색 철제 다리를 가진 라운지 체어 두 개가 있고, 반대편 벽면은 빔을 쏘기 위해 아무것도 없이 비워놓았다. 여태 자취를 하며 한 번도 소파와 TV를 가진 적이 없었지만, 아파트로 이사를 간다고 하니 주변에서 갑자기 그러면 소파와 TV를 사야지 않겠냐고 했다. 인테리어 과정을 공유하기 위해 올렸던 유튜브 영상에 달린 댓글에도 같은 의견이 많았다. 하지만 나는 그동안 TV를 보지 않는 일상에 익숙해졌고, 눕다시피 편하게 기대거나 아예 누워 있는 건 소파보다 침대가 훨씬 편했다. 영화를 볼 때나 두어 시간 앉아 있기 위해 비싸고 거대하고 무거운 소파를 들이긴 싫었다. 의자 사이에 이전 집에서부터 쓰던 작은 협탁을 두고 영화를 보고 싶을 때면 거기에 빔 프로젝터를 올려놓았다. 거실이 너무 삭막해질 것 같아 작은 황칠나무도 두었다.

화장실엔 가로 600mm에 세로 1200mm짜리 커다란 타일을 썼다. 옅은 무늬를 가진 진한 회색의 포세린 타일은 표면을 만져보면 거친 느낌이 살아 있어 작은 화장실도 고급스럽게 만들어주는 역할을 한다. 내가 많이 쓰게 될 안방 화장실에는 샤워부스가 있는데, 프레임 없이 유리 파티션만 설치하고 문은 따로 두지 않았다. 샤워부스에 문이 있다면 나머지 부분을 건

식으로 쓰기에 훨씬 편리하겠지만 유리가 더 생기면 그만큼 물때를 신경 써야 할 부분이 늘어나기도 하고, 경첩이며 손잡이며 필수적으로 따라오는 것들을 원치 않았다. 수전은 모두 무광 블랙으로 통일했다. 검정이라 어두운 타일과도 잘 어울리고, 집안 곳곳에 놓인 검정 가구들로부터 나오는 분위기가 화장실까지 이어진다. 모두 매립 수전으로 설치해서 타일 벽에서 깔끔하게 수전만 튀어나와 있는 형태다. 매립 수전은 설치가 더 까다롭고 공임도 더 들지만 가능한 모든 곳에서 디테일을 최소한으로 하고 싶었다. 같은 이유로 샤워기도 높이 조절이 되는 슬라이드 바 대신 작은 홀더만 이용해 수전과 같은 높이에 걸려 있는데, 어차피 해바라기 수전이 머리 위에 달려 있어서 샤워기를 높이 고정해둘 필요가 없기에 기다란 슬라이드 바도 설치하지 않았다. 거울장은 화장실에서 가장 고민한 부분이었다. 이음새 없이 깔끔한 거울을 가지고 싶었는데, 그러려면 수건과 드라이기 등을 보관해둘 수납장이 필수였다. 다행히도 인테리어 실장님이 아는 업체에서 비행기 내부 짐칸처럼 위로 열리는 형태의 거울장을 제작하고 있어서 이음새 없이 커다랗고, 수납까지 가능한 거울을 둘 수 있었다. 복도 쪽에 있는 화장실은 안방 화장실보다 이용 빈도가 현저히 떨어지고, 거기까지 가서 머리를 말리거나 로션을 바를 일은 없기 때문에 과감하게 수납장 없이 거울만 두었다. 확실히 수납이 되는 거울장보단 거울만 있는 편이 얇고 세련되었다. 샤워는 안방 화장실에서 하므로 조적 욕조를 설치했고, 해바라기 샤워 수전은 뺐다. 정말 필요한 게 아니라면 계속해서 빼는 게 내 인테리어의 목표였다. 자주 쓰진 않더라도 수건을 둘 곳은 필요할 것 같아서 욕조 뒤편 벽에 수건걸이, 수전과 같은 무광 블랙 선반을 달았다.

안방에는 가장 적은 수의 조명을 넣었다. 집 안에 있는 모든 조명은 3인치 다운 라이트로 통일했는데, 안방에는 화장실 앞쪽까지 합쳐서 딱 네 개뿐이다. 물론 거실과 작은방엔 각각 여섯 개로, 이조차 일반적인 집에 비하면 조명의 개수가 훨씬 적은 편이지만 안방은 더더욱 불을 환하게 켤 일이 없기 때문에 고집스레 줄였다. 대신 침대 옆에 노란 전구를 끼운 펜던트 등을 달아서 침대에 앉아 영화를 보거나 차를 마실 때, 혹은 자기 직전까지 휴대폰을 붙잡고 있을 때 요긴하게 쓰고 있다. 이 집의 거의 모든 곳이 '혼자 사는 나'에 맞춰져 있지만, 식탁과 침대만은 예외다. 계속 슈퍼싱글 사이즈의 매트리스를 써왔는데 나 혼자 자기에도 썩 여유롭지 않아서 집에 놀러 온 친구가 자고 갈 때면 영 난감했다. 나는 침대에서 보내는 시간이 가장 많고, 잠을 중요하게 생각하기 때문에 매트리스를 퀸 사이즈로 바꿨다.

현관 쪽에 위치한 작은 방 두 곳에서는 예산을 아꼈다. 그

두 방에서는 오랜 시간을 보낼 일도 없고, 집에서 중요한 부분이 아니어서 따로 목공사를 하지 않고 기존에 있던 벽 위에 페인트 질감의 얇은 벽지를 발랐다. 몰딩과 걸레받이는 흰 필름으로 마감해서 눈에 띄지 않게 했는데, 방이 작아서 여러 가지 물건들에 가려 잘 보이지도 않았다. 하나는 데스크톱과 카메라 장비들을 가져다 둔 작업실로, 하나는 전신거울과 옷이 있는 드레스 룸으로 쓰고 있다. 옷이 많은 편은 아니지만 옷끼리 서로 꽉 낀 채 장시간 보관 후 꺼낼 때마다 잔뜩 주름이 진 모습을 더 이상 보고 싶지 않았다. 이전에 살던 오피스텔들에서는 좁은 붙박이장에 옷을 걸어두느라 꺼냈다가 넣을 때마다 옷 사이를 헤치는 느낌으로 부산을 떨어야 했다. 방 한쪽 벽면 가득 오픈형 행거를 설치하고 여유롭게 옷을 보관하니 옷을 입고 되돌려놓는 것도 훨씬 수월하고 구겨지지 않아서 좋다.

대공사를 진행하며 모든 곳을 샅샅이 살피고 꼼꼼히 바꿨건만, 집에 들어와 살면서 추가로 변화시킨 부분도 몇 있다. 대부분의 한국 아파트 싱크대 아래쪽엔 걸레받이처럼 생긴 판이 올라와 있는데, 간혹 싱크대 하부를 뜯어 뭔가를 설치해야 할 일이 생기거나 전선 작업을 할 때 쉽게 열어 볼 수 있도록 실리콘이나 나사 등으로 고정을 하지 않는다. 대신 쫄대 혹은 프로파일이라고 부르는 평평한 플라스틱을 아래에 끼워 꼿꼿이 서 있을 수 있도록 한다. 우리 집은 마루 색깔도 고동색이고, 싱크대 하부장도 죄다 어두운 갈색인데 그 프로파일이 뜬금없이 흰색이었다. 비슷한 톤으로 쭉 이어지는 바닥과 하부장, 그 사이를 선명하게 가르는 흰 프로파일이라니. 작업상의 하자는 아니고, 처음부터 나도 따로 투명으로 콕 집어 요청한 건 아니라 직접 인터넷으로 투명 프로파일을 따로 주문해 바꿔 끼웠다. 높이가 1cm 남짓 되는 기다란 바 하나를 바꿨을 뿐인데 전과 후가 극명하게 달랐다. 이게 내가 디테일에 집착하는 이유다.

안방 화장실 앞에 있던 붙박이장 겸 화장대를 철거한 벽은 처음부터 좀 휑하다고 느꼈지만 섣부르게 벽에 구멍을 냈다가 두고두고 후회할까 봐 여유를 갖고 천천히 지켜보았다. 집에 들어와 가구를 채우고 살면서 그 빈 벽이 너무 추워 보여 역시 무언가를 둬야겠다는 확신이 들었다. 월넛 색상의 스트링 선반을 눈높이보다 조금 높게 달아주고 책과 인센스 등을 올렸다. 물건을 올려두는 부분은 도톰한 목재로 되어 있지만, 선반을 벽에 고정하는 세로 프레임은 가는 철제라 부피에 비해 간결한 느낌을 줘서 좋았다.

이사를 하고도 반년간은 어딘가에서 예쁜 인테리어 소품이나 가구를 발견하면 우리 집에도 적용할 수 없을까 진지하게 고민하는 시간을 보냈다. 이것도 예뻐 보이고 저것도 예뻐 보이고. 모두 담으려면 방이 백 개쯤은 되어야 할 것 같았다. 몇 달을 고민하다가 결국 비싸서 사지 않았던 모듈형 서랍을 지인 집에서 단 몇 시간 본 뒤 바로 주문했고, 이 가구만큼 우리 집에 어울리는 가구는 없을 거라 호언장담하며 비싼 돈을 지불하고 샀던 수납장은 많은 손해를 보고 중고로 팔게 되었다. 사전에 아무리 철저하게 계획하고 들어갔어도, 막상 살다 보면 필요성을 느끼거나 반대로 불필요하다고 느끼는 것들이 있으니 급하지 않다면 가구와 소품을 천천히 들이는 것이 맞다는 교훈을 얻었다.

얼추 자잘한 것들까지 자리를 잡은 집을 돌아보며 해놓고 후회되는 것은 없는지 따져보았다. 다음에 혹여 또 인테리어를 할 기회가 생긴다면 더 잘할 수 있지 않을까, 하는 생각을 하면서. 20평대의 아파트 인테리어치고 거금을 썼기 때문이다. 그러나 아무리 떠올려도 해놓고 후회하는 것은 단 하나도 없었다. 더 좋은 옵션으로 할걸, 더 비싼 자재를 쓸걸 하고 후회하는 경우는 있어도. 미적인 부분은 돈을 들인 만큼 티가 나서 무늬목과 원목이 다르고, 얇은 필름과 두꺼운 필름이 다르고, 값싼 부품과 비싼 부품이 다른 게 눈에 확 들어온다. 디자인을 전공한 친구와 길을 걸으며 어설픈 간판을 달고 있거나 어딘가 부족한 인테리어의 가게를 마주할 때면 우린 입을 모아 말한다.

"역시 돈 쓴 만큼 예쁘다니까."

내 일의 특성상, 매주 일상을 공유하며 내 집은 자연스레 불

특정 타인들에게 계속 노출된다. 그리고 어떤 사람들은 이 집을 불편하게 느낀다. 하지만 그럴수록 나에게만 딱 맞춰진 집이라는 생각이 들어 집이 더욱 소중해지고 중요해진다.

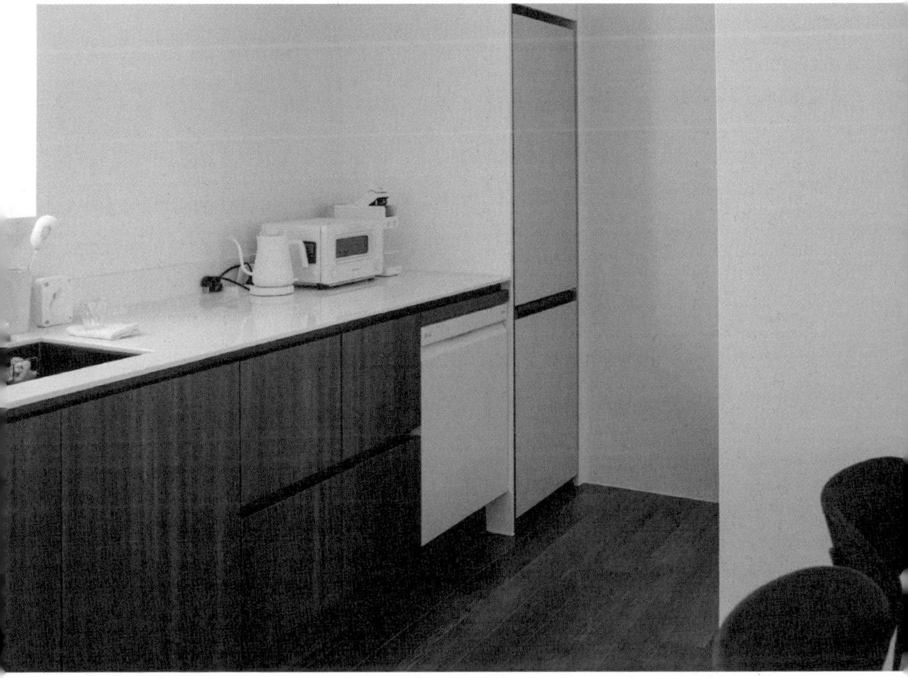

Acne Studios
LA TULIPE
BLANCHE

초록 친구들

환기가 어렵고 베란다가 없는 오피스텔에 살면서 오랜 시간 다짐했다. 언젠가 아파트로 이사를 가게 되면 꼭 식물들을 집안에 두겠다고. 가구도 다 들어오지 않은 집에 나는 식물부터 들였다. 복도 끝에는 반양지에서도 잘 자란다는 아랄리아, 침실 문 옆에는 올리브나무, 작업실에는 유칼립투스, 거실에는 황칠나무가 있다. 모두 잎이 크지 않고 가느다란 선이 고운 아이들이다. 이것도 나의 취향이라면 취향이다. 키가 지나치게 작거나, 가지가 굵거나 몸집이 크거나 잎이 넓적한 식물은 구입 고려 대상도 아니었으니까.

복도 끝에 내 키보다 조금 작은 아랄리아는 아주 좁고 긴 이파리가 매력적이다. 처음 새순이 돋을 땐 마치 사람 손처럼 보이기도 하는데 시간이 지나면서 색이 짙어지고 엄청나게 길어진다. 바로 그 옆 천장에 달린 무채색 종이 모빌과 함께 우아하고 고고한 이미지를 담당하고 있다. 아침에 침대에서 일어나 방 밖으로 나오면 마주하게 되는 모습은 매일 봐도 기분이 좋다. 아랄리아는 키우기 쉬운 식물에 속한다. 햇빛이 많이 들지 않아도 잘 자라고, 뿌리는 수분에 약해서 물을 자주 주지 않는 편이 좋다. 우리 집에 있는 것처럼 1m가 훌쩍 넘는 것도 있지만, 책상이나 협탁에 올려놓아도 좋을 만큼 작은 것들도 있다. 외목대인지 아닌지에 따라 이미지가 확연히 달라져서 아랄리아를 모르는 사람이 수형과 크기가 다른 아랄리아를 본다면 다른 식물로 착각할 수도 있다. 뿌리와 다르게 잎은 수분을 좋아해 하루에 한 번씩은 분무기로 잎에 물을 뿌리는데, 그게 아니더라도 건조할 때 쉽게 생긴다는 벌레 '응애'를 방지하기 위해서 공중 분무를 해주는 게 좋다. 귀찮다면 근처에 가습기를 두는 것도 방법이다.

올리브나무는 빛과 수분을 몹시 좋아해서 초보자에게 추천하는 식물은 아니라고 했다. 포털 사이트에 '키우기 쉬운 식물'이나, '실내 식물 추천', '반양지 식물' 등의 키워드로 검색했을 때 올리브나무만은 절대 나오지 않는 걸로 봐서 확실히 그런 것 같다. 하지만 몇 년 전 스페인 그라나다를 여행했던 순간부터 나는 꼭 올리브를 키워보고 싶었다. 친구가 어느 전망대에 가야겠다고 굳이 나를 끌고 간 날이었다. 인적도 드물고 가파른 언덕에 길조차도 제대로 나 있지 않았는데 설상가상으로 빗방울까지 조금씩 떨어지기 시작했다. 눈앞을 왼손으로 가리다시피 하며 마침내 꼭대기에 올랐을 땐 전망대보단 거대한 올리브나무가 눈에 띄었다. 나무에 대해 썩 잘 알고 있는 건 아니지만 올리브나무는 가지의 색과 이파리 생김새가 워낙 독특해 한눈에 알아볼 수 있었다. 올리브나무 수십 그루가 절벽 끝 쪽으로 난 그 모습이 너무나 예뻤다. 인테리어 콘셉트를 잡을 때 실장님은 주방 쪽 냉장고 장을 없앤 자리에 무언가를 놓기를 추천했다. 아무것도 없으면 거실과 주방을 잇는 거대한 벽 중앙에 문이 덜렁 하나 나 있는 모양새라 어색할 거라고. 그 말을 듣는 순간 그곳에 올리브나무를 두기로 결심했다. 막상 키워보니 올리브는 걱정이 무색할 만큼 무럭무럭 잘 자랐다. 가지 끝마다 연한 새잎이 올라왔고 순따기를 해주면 두 개, 네 개씩 새로 나서 나를 즐겁게 했다.

거실에는 아랄리아나 올리브나무처럼 큰 식물을 두고 싶진 않았다. 여백의 미를 강조하기 위해 소파 대신 라운지체어를 두었는데 그 옆에 둔하고 커다란 화분을 놓는 건 영 아닌 것 같았다. 식물을 둘러보기 위해 들렀던 화원 한쪽 구석에서 발견한 키 40cm의 황칠나무는 그런 의미에서 적임자였다. 수직으로 곧게 뻗은 얇지만 단단한 줄기, 그 위로 옹기종기 나 있는 네 개의 잎. 라운지체어 사이에 두니 의자의 철제 다리와 스탠드의 기다란 몸통과 잘 어울리면서도 존재감이 크지 않아 공간을 해치지 않았다.

일주일에 한 번 식물들을 베란다로 옮겨 물을 줬고, 햇빛도 충분히 받을 수 있도록 했다. 분갈이를 위해 배양토를 몇 킬로그램이나 구입했고, 액체 비료나 흙에 섞는 영양제도 샀다. 하지만 나의 이러한 노력에도 불구하고 처음은 서툴다는 것을 무섭게 증명하듯 입주 한 달이 지났을 때쯤부터 식물들이 시름시름 앓기 시작했다. 새잎은 잘도 올려내는 아랄리아는 중간에 있는 잎이 모조리 떨어져 나가 처음에 비해 4분의 1 정도의 잎만 남게 되었고, 그나마 살아남은 것들도 끝이 갈색으로 물들거나 말려 들어가기 시작했다. 인터넷에 올라온 아랄리아 관련 글을 모두 읽어보고, 도움이 될만한 걸 시도했지만 나아지는 게 없었다. 뿌리는 썩지 않고 자리를 잘 잡았고, 물도 흙이 말랐을 때만 줬고, 매일 아침 일어나면 꼭 아랄리아 옆 창문을 열어 환기를 시키고 공중 분무를 해줬는데 도무지 원인을 알 수 없었다. 아랄리아와 달리 황칠이 앓는 이유는 분명했다. 과습이었다. 몇 주간 물을 주지 않아도 흙이 축축해 화분에서 꺼내 보니 흙이 군데군데 단단하게 뭉쳐 있었다. 그로 인해 뿌리가 자리를 잡지 못하고 힘이 하나도 없었다. 아마도 처음 집에 들였을 때 물을 충분히 주지 못해 물길이 한쪽으로만 생겼고, 그 상태에서 주기적으로 물을 주니 흙 상태가 더욱 안 좋아졌던 게 아닐까 추측된다. 결국 황칠나무는 얼마 되지 않는 잎을 모두 떨구었고, 유칼립투스는 처음 집에 데려왔을 때부터 잎이 말라 있는 편이었는데 물을 줘도 상태가 나아지긴커녕 모든 잎이 회생 불가할 정도로 바싹 말라비틀어졌다.

생각보다 많은 스트레스를 받았다. 식물이 자라는 건 내 집에서 내 마음대로 되지 않는 유일한 것이었다. 무엇이 잘못되었는지도 정확히 알 수 없고, 방법을 바로잡는다고 해도 반응이 느려 인내가 필요했다. 그 와중에 올리브나무에는 뿌리파리가 생겼다. 가끔 그린 스무디를 만들 때를 제외하고 집에서 과일은 전혀 먹지 않는데 어디서 자꾸만 날파리 같은 게 생기는지 궁금하던 차, 어느 날 올리브나무에 물을 주려다가 가지를 치니 새카만 날벌레들이 우수수 날았다. 기겁하고 검색해 본 결과 뿌리파리라는 벌레였는데, 뿌리에 치명적인 데다가 성체는 날아다니며 집에 있는 다른 화분에도 알을 낳으니 반드시 전멸시켜야만 했다. 근처 농약사에 가서 6천 원을 주고 뿌리파리에 특효라는 작은 농약을 샀다. 물 2L에 농약 1mL를 희석해 물을 줘야 할 집 안 모든 식물들에게 뿌렸다. 일주일 간격으로 세 번. 매번 집안 화분을 몽땅 베란다로 옮기고 대야에 희석액을 만들고, 끝나면 농약이 남았을까 무서워 몇 번이나 베란다

바닥을 씻어내며 식물 키우기는 예상보다도 훨씬 어렵고, 손이 많이 가는 일임을 절실히 깨달았다.

다행히 그렇게 세 번의 농약 치기를 끝내니 더 이상 뿌리파리는 보이지 않았다. 가지밖에 남지 않은 아랄리아와 황칠나무는 최대한 비슷한 아이들로 다시 구입했다. 이번에는 따로 영양제도 주지 않았고, 적당한 간격을 두고 한 번에 충분한 양의 물을 줬다. 비록 예전과 다른 느낌에 정이 덜 가고 맨 처음 키웠던 아랄리아와 황칠나무가 여전히 그립지만. 유칼립투스는 뒤늦게 찾아보니 키우기가 워낙 까다로운 식물이라고 해서 대신 작은 귤나무를 샀다. 앙증맞은 귤 하나가 맺혔는데, 햇빛이 제일 잘 드는 베란다에 두니 떨어지지 않고 잘 자라고 있다.

집에 식물이 있으면 조금 더 부지런해지고, 조금 더 책임감이 생기고, 조금 더 환기와 채광에 신경을 쓰게 되고, 조금 더 행복해진다. 특히나 혼자 사는 사람에게는 몹시 긍정적인 경험이 될 거라고 확신한다.

쓸고 닦는 일

10월의 어느 날이었다. 아침에 눈을 떠 평소와 같이 환기를 하려고 창문을 열었다가 코가 뻥 뚫릴 정도로 차가운 공기에 깜짝 놀랐다. 아직 밖의 나무들은 단풍도 채 마주하지 못해서 푸릇한데 기온은 벌써 한겨울이었다. 맨발로 딛고 있기엔 마룻바닥도 얼음장 같아서 서둘러 침대 옆 슬리퍼를 찾아 신었다. 주방으로 나와 몸을 최대한으로 늘려 기지개를 켜고 요란한 하품을 하고 있는 베베에게 아침밥을 주고 커피를 내렸다. 며칠 전까진 아이스 라테를 즐겨 마셨는데, 이젠 뜨거운 아메리카노를 찾게 되었다. 집에 있던 빵을 먹기 좋게 잘라 접시에 내고 김이 모락모락 나는 머그잔과 함께 식탁에 앉아서 노래를 들었다. 달콤한 빵 한 입에 씁쓸한 커피 한 모금. 클래식 음악이 스피커를 통해 공간감 있게 흘러나오고, 베베는 내 무릎 위에 누워 온기를 더해주었다. 기분이 좋아질 수밖에 없는 하루의 시작이었다. 나는 주로 오전을 이렇게 보내는데, 아침을 먹지 않는 날에는 청소기를 돌리고 물걸레질을 한 뒤 빨래를 한다. 식탁 한편엔 커피나 차가 올려져 있고, 역시 클래식 음악이 날 둘러싸고 흐른다.

나는 원래도 정리와 청소를 좋아하는 사람이 아니었지만, 일주일에 네댓 번 청소기를 돌리는 요즘도 청소는 여전히 번거롭고 힘이 든다. 다만 모든 공사가 끝나고 이 집에 들어왔을 때 유해 물질을 내보내겠다고 아침에 눈을 뜨자마자 온 집 안의 창문을 활짝 열고, 구석구석 청소기를 돌리고 물걸레로 닦아내는 일을 한 달 정도 반복하니 오전 중에 집을 깨끗하게 만드는 과정이 습관이 되었을 뿐이다. 청소를 좋아하는 사람이 있다는 게 여전히 믿어지지 않지만 청소하며 스트레스를 푼다는 친구나 설거지는 일도 아니라는 엄마를 보면 어쨌든 나보다는 집안일을 즐기는 사람들이 있다는 건 확실하다. 하지만 청소를 좋아하는 사람과 그렇지 않은 사람 모두 머리카락 하나 없이 깨끗한 바닥과 바싹 마른 화장실, 잘 정리된 물건을 보는 일은 뿌듯하기 마련이고 꾸준히 그런 집 상태를 유지하기 위해 나는 몇 가지 루틴을 만들었다.

일할 땐 무조건 스피커로 음악을 튼다. 운동할 때나 운전을 할 때, 친구들과 집에서 술을 마실 때는 가사 있는 팝송을 주로 듣지만, 오전에 집안일을 할 때만큼은 가사 없이 피아노 선율이 주가 되는 음악을 듣는다. 그날 선택하는 플레이리스트에 따라 하루의 시작이 클래식이 되기도 하고 영화 주제곡이 되기도 한다. 그런 노래들을 듣고 있으면 왠지 내가 영화 속 주인공이 된 것 같아서 완벽하게 움직여야만 할 것 같은 기분이 든다. 투피스 잠옷을 입은 채 침대에서 일어나 바로 침구를 정리하고, 창문을 활짝 열어 환기를 시키며 맑은 공기를 들이마시고 가벼운 몸놀림으로 청소기와 세탁기를 돌리는 주인공은 있어도 침대에서 나오지 않고 계속 휴대폰만 들여다보고 있거나 청소가 싫어 먼지가 굴러다니는 집에서 사는 주인공은 상상하기 힘드니까. 같은 이유로 청소 후 마시는 음료도 최대한 그럴듯하게 만든다. 따뜻한 커피는 꼭 머그잔에 내리고, 아이스 라테를 마실 땐 유리잔에 얼음과 우유를 먼저 넣고 샷을 천천히 부어서 층을 만든다. 가끔 유리잔에 흑당 시럽을 먼저 바르고 우유와 커피를 더해 카페에서 볼 것 같은 비주얼을 만들기도 한다. 차는 꼭 찻주전자에 찻잎을 넣어 우리고 찻주전자와 세트인 찻잔에 조금씩 나누어 따른다. 핫초코는 중탕한 우유에 분말을 잔뜩 풀어 진하게 타고, 약간의 우유를 남겨 거품기로 밀크폼을 만든다. 진득한 핫초코 위에 폼을 얹고 코코아 분말을 살짝 뿌려주면 완벽한 핫초코가 완성된다. 김이 나는 아메리카노를 얇은 유리잔에 따라 컵 안쪽에 송글송글 물방울이 맺히는 것도, 층 없이 연한 베이지색의 라테를 만드는 것도, 텀블러에 티백을 넣어 차를 우려내고 전기 포트로 끓인 물에 핫초코를 타서 마시는 것도 맛은 비슷하겠지만 조금의 정성을 더 들인 쪽이 기분을 훨씬 좋게 만든다는 게 나의 결론이다. 청소기에 이어 물걸레질을 하고 빨래가 많은 날이면 세탁기와 건조기까지 돌린 다음 식탁에 앉아 예쁜 음료 한 잔을 마신다. 앞선 노동이 모두 잊히는 느낌이랄까.

자주 하지 않아도 괜찮은 일들은 요일을 정해두고 해치운다. 매주 수요일에 식물들의 상태를 확인한 뒤 필요한 아이들에게 물을 주고, 일요일엔 청소기를 돌리기 전에 먼지떨이로 커피 테이블과 전등, 식탁 다리, 드레스 룸 선반의 먼지를 먼저 털어낸다. 어두운 표면에 내려앉은 먼지는 눈에 잘 띄는데 집 안 가구들이 대부분 검은색이니 필수적인 작업이다. 일주일에 한 번씩이라도 먼지를 털어주지 않으면 종국엔 세월과 합쳐져 진득해진 먼지를 박박 문질러 닦아야 할지도 모른다.

집은 정말 얄밉게도 더러워지는 건 하루하루 확연히 눈에 보이면서 구석구석 땀 흘려 청소하고 집을 가꾼 건 크게 티가 나지 않는다. 오랜만에 장을 잔뜩 봐서 아침부터 주방에서 부산을 떨었던 날이었다. 모든 식재료의 포장을 벗기고, 분리수

거를 할 박스와 비닐은 쓰레기와 구별해 한쪽에 밀어두고, 냉동고에 넣어 둘 식재료는 깨끗이 씻어 키친타월로 물기를 제거하고 쫑쫑 썰어 밀폐 용기에 담았다. 청양고추를 썰면서는 눈물도 나고 손끝이 정말로 아렸다. 이렇게나 매울 줄 알았으면 장갑을 끼는 건데. 뒤늦게 후회해도 화끈거리는 손가락은 변함이 없었다. 토마토 1kg을 칼집 내어 데치고, 껍질을 까서 믹서에 갈았다. 믹서기가 크지 않아 네 번에 나누어 갈아야 했고, 고생 끝에 결국 며칠간 먹을 토마토 주스를 만들어 냉장고에 넣을 수 있었다. 허기가 져서 커피 한 잔을 내려 식탁에서 간단히 샌드위치를 먹고 나니 주방이 폭탄이라도 맞은 것 같았다. 토마토를 데치며 썼던 냄비와 도마, 칼, 믹서기, 컵을 깨끗이 씻고, 싱크대 여기저기 흘러 있는 토마토즙과 식탁을 행주로 닦아내고, 양파 껍질과 고추 꼭지로 가득 찬 싱크대 거름망을 비웠다. 정리하자면 장본 걸 정리하고, 토마토 주스를 만들고 아침으로 샌드위치와 커피를 먹었는데, 이걸 한다고 오전을 꼬박 다 쓴 것이다. 중간에는 심지어 땀까지 흘렸다. 과탄산소다를 푼 물에 삶은 행주를 서큘레이터에 말리는 걸 끝으로 뒷정리가 끝났다. 마치 오전 내내 아무 일도 없었다는 듯 모든 게 제자리로 돌아온 주방을 보면서 허무함이 밀려들었다. 내가 지금까지 여기서 몇 시간 동안 서서 했던 모든 일은 다 어디로 간 거지?

물때가 없는 수전과 손자국 없는 거울, 투명한 샤워부스의 유리를 볼 때는 딱히 깨끗하다는 생각이 없다가도 물때 낀 수전, 지문이 잔뜩 남은 거울, 물 자국이 가득한 유리는 몹시도 거슬리는 게 사람이다. 그나마 정리정돈에 들이는 수고나 허무함을 덜 수 있는 건 애초에 공간을 깨끗하게 쓰는 것. 그리고 짐을 줄이고 물건을 눈에 띄지 않도록 정리하는 일이라고 여긴다. 깨끗한 화장실을 원한다면 바닥에 닿는 물건이 없도록 하라는 말처럼 무언가가 있으면 그 위로 먼지가 쌓이고, 계속해서 물에 닿으며 물때가 끼거나 자국을 만든다. 거울은 처음부터 손으로 만지지 않고, 샤워를 한 뒤에는 스퀴지로 유리에 가득한 물방울을 싹 걷어낸다.

물건 다이어트를 위해선 구역을 정해 물건을 모조리 꺼내고, 지난 1년간 사용한 적이 없었던 것들이나 있었는지도 몰랐던 것들은 과감히 처분한다. 새 물건을 사려고 할 땐 집에 없는 것인지, 나에게 필요해서 사는 것인지 한 번 더 생각한 뒤에 구입한다. 물건이 적어지면 최대한 눈에 보이지 않게 수납하는데, 자잘한 것들은 기능별로 상자에 넣어두면 편하다. 나의 경우 신발장 위쪽에 네 개의 작은 플라스틱 상자가 있다. 그 안에 각각 의약품, 카메라 관련 용품, 여분의 전구와 공구, 통장과 도장 그리고 여권 등 중요한 것들을 보관하고 있다. 매일 꺼내지 않으므로 눈에 띄는 곳에 둘 필요는 없지만 그렇다고 오랜 시간 꺼낼 일이 없는 건 또 아니기에 신발장 위쪽의 안 쓰는 칸에 그 상자들을 두기 제격이다. 식탁이나 협탁, 싱크대 상판 위에는 최소한의 것만 올려두는 게 보기에도 좋고 청소하기에도 편하다. 이때 내가 정한 남겨지는 물건의 기준은 다음과 같다.

첫째, 거의 매일 쓰는 것. 둘째, 자주 쓰지는 않지만 수납하기 힘든 것. 셋째, 자주 쓰지도 않고 수납하기 힘든 것도 아니지만 그 자체로 장식품이 되는 것.

이 기준에 맞지 않는 물건은 사용하는 공간에서 보이지 않도록 보관한다. 나는 밥을 매일 먹는 편이 아니라 밥솥은 일주일에 한두 번 정도 사용하는데, 밖에 꺼내놓기엔 자리도 많이 차지하고 외적으로 예쁘지도 않아 하부장 서랍에 밥솥을 넣어두고 사용할 때만 간간이 꺼낸다. 모든 조리 도구와 수저는 인덕션 바로 아래 서랍장에 들어가 있고 키친타월이나 도마도 모두 근처에 수납되어 있다. 몸이 건조한 편이라 침대 옆 협탁에는 핸드크림과 립밤이 항상 자리를 지키고 있다. 도기 재질의 흰 인센스 스틱 홀더는 매일 쓰진 않아도 그 자체로 예뻐서 거실 커피 테이블에 꺼내둔다.

물건을 줄이고, 줄인 물건 중에서도 일부만 밖에 꺼내두면 청소가 훨씬 쉬워지고 집이 몹시 깨끗해 보이는 효과가 있다. 꼭 필요한 소비만 하게 되니 지갑 사정에도 보탬이 되는 건 덤.

그리고 남겨진 것들

한창 '미니멀리즘'이라는 단어가 국내에 퍼지기 시작했을 때, 나도 다양한 곳에서 미니멀리즘을 접했다. 서울의 한 작은 서점에서 유독 눈에 띄었던 흰 표지의 책은 각종 홍보 문구로 점철된 띠지나 화려한 사진도 없는데 제목마저 간결했다. 단정한 표지에 꽂혀 내용을 제대로 살펴보지도 않고 계산대로 들고 갔다. 집에 와서도 한동안 그 책을 펼쳐보진 않았지만, 그날부터 내 마음 한편에 미니멀리즘이란 이름을 단 방이 생겼던 것 같다. 마음에 무언가를 받아들일 준비를 마친 방이 생기면, 그때부터는 그 방의 주인과 관련된 내용이 유독 눈에 잘 띈다. 곰곰이 되짚어 보면 유행이 되기 오래전부터 이미 어느 다큐멘터리에서 일본의 유명 미니멀리스트의 삶을 엿보기도 했다. 하지만 그땐 그런 생활방식에게 내어줄 마음의 방이 없었다.

본격적으로 내 삶에 미니멀리즘을 적용하게 된 계기는 친구의 블로그 포스트였다. 물건을 정리하면서 소중한 추억이 담겨 있는 상자도 처분했는데, 그냥 버릴 순 없으니 사진을 찍어 짤막한 글과 함께 블로그에 업로드를 한 것이었다. 길지도 않은 글이었는데 나는 그걸 보고 정말 충격을 받았다. 일단 나처럼 추억 상자를 가지고 있다는 것에 놀랐고, 그렇게나 소중하게 모은 추억 상자를 과감하게 버릴 수 있음에 거듭 놀랐다. 평생 가지고 갈 소중한 꾸러미인 줄 알았는데, 돌이켜보면 살면서 그 안에 있는 물건들을 얼마나 자주 꺼내 봤는지조차 의문이었다. 그저 이사할 때가 되면 짐을 싸다 말고 추억 상자를 열어 바닥부터 뒤적이며 짐 싸기 노동에서 벗어나는 추억 회상용으로 썼을 뿐. 친구의 글을 읽고 바로 내 추억 상자를 열었다. 학창 시절 찍었던 스티커 사진 뭉치, 휴학 중 아르바이트 비용이 들어올 때마다 기쁜 마음으로 내역 정리를 해둔 통장, 진작 헤어진 전 남자친구에게 받았던 목걸이, 수능 칠 때 썼던 샤프와 수험표……. 볼 때는 마음이 몽글몽글해지고 생각에 잠기게 되지만 구태여 꺼내 보지 않는 이상 내 삶에 어떠한 역할도 하지 못하고 있었다. 차례대로 사진을 찍고 쓰레기봉투에 넣었다. 그다음 대상은 화장대였다. 이십 대 초반까지는 매일 화장을 했고, 같은 기능을 하는 제품이라도 브랜드나 색상에 따라 여러 개가 있는 경우도 있었다.

그즈음 내가 관심을 가진 건 미니멀리즘뿐만이 아니었다. 페미니즘을 접하며 여성으로 살아가는 삶에 깊게 고민하고 있었던 터라 시기가 잘 맞아떨어졌다. 과감히 화장대를 쓸어 몇 년간 내 방의 많은 부분을 차지하고 있었던 화장품을 모두 버렸다. 저걸 사 모으는 데 썼던 돈을 계산하면 마음 한편이 아렸지만 동시에 앞으로는 절대 쓸 일 없는 돈이라고 생각하며 스스로 위안을 삼았다. 시작이 몹시 과감해서였는지, 이후는 너무 쉬웠다. 최근 1년간 쓰지 않은 물건들과 입지 않은 옷도 처분 대상이 되었다. 옷장이 훨씬 간결해졌고 마음은 그보다도 더 가벼워졌다. 꽉 찬 쓰레기봉투를 묶으며 다짐했다. 이렇게 버리지 않으려면 애초에 나에게 정말 필요한 물건만 사자. 그리고 몇 년이 지난 지금까지도 그 결심은 여전히 유효하다. 길을 걷다 마주한 아기자기한 생활용품 편집숍에 들어가면 예쁜 그릇과 앙증맞은 티스푼, 무엇을 담든 따뜻해 보일 것 같은 머그잔들이 자꾸만 내 발걸음을 붙잡지만 보는 것으로 끝이다. 집에 내가 쓸 식기는 이미 충분히 있고, 여기서 예쁘다는 이유로 하나를 사버리면 집에 있는 무언가는 쓸모를 잃고 버려져야 한다. 옷을 살 때는 저렴한 걸 여러 벌 사기보단 질이 좋은 하나를 산다. 인터넷 쇼핑몰에서 팔고 있는 옷들은 한 철 입기에는 더할 나위 없이 좋지만, 각별히 관리하지 않는 이상 오래 입기가 힘들고 결국 의류 수거함을 거쳐 제3세계 국가들의 강변에 쌓일 것이다. 만들어질 때부터 없어지는 순간까지 내내 환경오염을 유발하는 게 의류 산업의 현실이라면 조금이라도 소비를 줄이는 게 맞겠다고 생각했다. 서서히 이런 과정을 거친 나의 집에는 나에게 정말 필요하고 소중한 것만 남게 되었다. 물건 정리를 하며 '이게 여기에 있었네?'라던가, '이런 게 있었어?' 따위의 말을 할 일이 없어졌다.

가끔 미니멀리스트들의 생활을 기록한 영상을 보면 냉장고 없이 사는 부부도 있고, 집안 모든 물건을 다 합쳐도 백 개가 되지 않는 사람도 있다. 처음에는 저렇게까지 줄여서 살 수 있을까? 싶었는데 요즘에는 할 수 있을 것 같기도 하다. 우리 집에 전자레인지가 없다고 하면 모두 입을 모아 어떻게 전자레인지 없이 사냐고 묻는 것과 비슷한 맥락이 아닐까. 나도 몇 년 전까지 전자레인지를 모든 현대인의 필수품으로 여겼다. 밥을 잔뜩 해서 냉동실에 얼렸다가 전자레인지에 데워 뜨끈한 밥을 내면 즉석밥을 살 필요가 없었고, 각종 레토르트 식품도 3분이면 별다른 수고 없이 간편하게 먹을만한 음식이 되어 나왔고, 따뜻한 우유를 마시고 싶은 밤엔 머그잔에 우유를 따라 몇 분 돌리면 고소한 냄새를 폴폴 풍기는 따끈한 우유를 마실 수 있었다. 하지만 전자레인지는 늘 밖에 꺼내어두기엔 부피가 커서 주방을 지나다닐 때마다 거슬렸다. 그렇다고 어딘가에 넣어버리자니 자취방엔 전자레인지를 수납할 수 있는 충분한 공간이 없었다. 먼저 전자레인지를 없앤 친구의 말을 들어보니 조금 불편하긴 해도 적응하면 걱정하는 것보다 괜찮다고 했다. 식은 음식은 팬에 직접 데워먹으면 되고, 밥은 얼리지 않고 그때그때 해서 먹으면 된다고. 듣고 보니 맞는 말이었다. 가지고 있던 전자레인지를 필요한 이웃에게 줘버렸다. 분명히 처음에는 불편했지만 이내 적응이 되었다. 밥은 먹고 싶을 때 밥솥으로 바로 해 먹고, 우유는 중탕으로 데운다. 편의점에서 파는 각종 레토르트 식품들은 굳이 팬에 데우는 게 번거로워 더는 먹지 않게 되었다. 전자레인지가 사라진 후 주방은 정말 깨끗해졌다. 늘 한쪽 구석을 차지하고 있던 거대한 철제 기계가 사라지니 다른 주방용품을 한결 여유롭게 놓을 수 있게 되어서 전자레인지를 없앤 건 예쁜 게 최고라고 외치는 나에게 너무나 딱 맞는 처방이었다. 비슷한 이유로 나는 뒤집개도 없는데 전을 부치거나 계란프라이를 그릇에 옮길 때 꼭 필요하긴 하나 뒤집개는 필연적으로 머리가 클 수밖에 없고, 그걸 주방 서랍에 넣어두는 것도, 수저통에 꽂아두는 것도 썩 즐거운 상상이 아니었다. 오랫동안 뒤집개가 필요한 순간을 나무젓가락으로 대체하고 있는데 그럭저럭 살만하다. 냄비는 작은 크기의 편수 하나, 찜을 하기에도 적당한 크기의 양수 하나, 그리고 프라

이팬 하나. 수저는 친구들이 놀러 올 때를 대비해 네 쌍. 머그잔은 하나, 와인 잔은 두 개.

새집으로 이사를 오며 고민했던 건 에어컨이었다. 에어컨은 여름 한 철만 쓰는 가전인데 그 짧은 기간을 위해 집에 두기엔 너무 크고, 비싸고, 못생겼다는 게 나의 의견이었다. 스탠드형은 애초에 고려 대상도 아니었고, 시스템 에어컨조차 깨끗하게 새로 만들어질 흰 천장의 오점 같았다. 인테리어 공사에 들어갈 때까지도 나는 에어컨 설치를 하지 않는 것으로 마음을 먹고 있었고, 견적 또한 시스템 에어컨을 포함시키지 않은 상태로 냈다. 공사를 한창 진행하던 6월 초 어느 날, 갑작스레 폭염이 찾아왔다. 분명 전날까지만 해도 이렇게 덥지는 않았는데, 이글거리는 태양에 밖에서 잠시 걸어 다니는 것에도 진이 빠졌다. 방금 전에 샤워를 했는데도 어느새 온몸이 끈적거리는 불쾌한 기분. 당장 실장님에게 전화를 걸어 시스템 에어컨 두 대를 견적에 추가해달라고 했다. 침실과 거실, 그게 내가 우리 집에 허용할 수 있는 최소한이었다. 이사를 마치고 시원한 에어컨 바람을 쐬며 생각했다. 에어컨은 영원히 집에 남겨야겠다.

4장

좋은 곳에 산다는 것

사람은 변하기 힘들다지만

사람은 변하기 힘들다지만, 공간은 얼마나 쉽게 우리를 바꾸는지. 좋은 곳에 가면 우리는 좋은 사람처럼 행동하려고 노력한다. 적막이 흐르는 도서관에서는 아무 소리도 내지 않으려고 발가락에 힘을 줘 살금살금 걷다가 목소리를 낮춰 소곤소곤 속삭이게 되고, 진득한 재즈가 울려 퍼지는 어두운 레스토랑에는 멋진 옷을 입고 가서 정중하게 메뉴를 주문한다. 제아무리 시끄럽고 예의 없는 사람이라도 그런 곳에 두면 달라질 수밖에 없다.

내가 정성스럽게 꾸미고 가꾼 집, 깨끗하고 쾌적한 집, 애정이 담긴 집에 사는 사람은 당연한 수순으로 그 집에서 보내는 시간의 농도가 짙어지고 집에 머물고 있는 그 자체만으로 안도감과 편안함 같은 감정들이 차오른다.

요즘 나는 종일 창문을 열어놓고, 바닥에 머리카락이나 먼지가 눈에 띈다 싶으면 청소기를 돌린다. 건조기는 사용할 때마다 먼지 통을 청소하고, 이불은 항상 팽팽하게 펼친 상태로 침대를 덮도록 유지한다. 물건을 쓰고 나면 꼭 제자리로 돌려놓아 지저분해 보이지 않도록 한다. 베베의 다회용 배변 패드를 이틀에 한 번꼴로 손빨래하고, 욕실은 샤워할 때마다 스퀴지로 물기를 제거한다. 고사리와 이끼, 아랄리아에게는 아침에 일어나서 꼭 스프레이로 물을 뿌려주고, 행주는 일주일에 한 번 정도 과탄산소다를 넣어 팔팔 삶는다. 일이 몰려들어 정신없이 바쁜 날들에도 집은 예전만큼 더러워지지 않는다. 나는 왜 이 모든 일이 더 이상 귀찮지 않아진 걸까?

미니멀리즘에 관심을 가지고 물건을 줄여나가기 시작한 지 그리 오래되지 않았지만, 사실 맨 처음 자취를 시작했던 작은 오피스텔에 살 때가 가장 적은 물건을 소유했던 시기라고 할 수 있다. 그 집은 너무 좁아서 침대와 책상을 제외하곤 별다른 가구를 놓을 수도 없었고 유일한 수납공간은 문 두 개가 달린 붙박이장뿐이었다. 그 안에 옷과 각종 짐을 같이 보관하려면 옷가지 수도 적을 수밖에 없었다. 두 개의 역할을 부여받은 건 붙박이장뿐이 아니었다. 책상은 때에 따라 식탁이 됐고, 낮 시간의 침대는 소파 역할을 했다. 식탁과 책상, 거실 의자와 침대가 다 따로 있는 지금과 비교하자면 훨씬 단출한 삶이었다. 하지만 오히려 나는 그때 항상 물건이 많다고 느꼈다. 환기도 편히 시킬 수 없는 어둡고 좁은 자취방에서 항상 케케묵은 물건과 그 위에 소복이 쌓이는 먼지에 둘러싸여 있는 기분이었다. 첫 자취방에서 이 모든 일을 똑같이 한다고 가정하면 나는 몹시 피곤하고 지쳤을 것이다. 그때도 지금처럼 집을 사랑했고 내 주변을 아늑하게 가꾸려고 노력했지만, 그 집에서는 같은 일을 해도 에너지가 더 빠르게 고갈되었다. 앞 건물을 신경 쓰지 않고 창문을 활짝 열어 온종일 신선한 공기를 들일 수 있는 집, 하나의 용도를 가진 가구들이 서로 모여 하나의 용도를 가진 방에 나뉘어 있는 집, 이른 아침부터 늦은 오후까지 충분한 빛이 들고 창밖으로 아주 일부분일지라도 자연을 볼 수 있는 집. 주거 환경이 바뀌고 달라진 건 서류상의 실내 면적뿐만이 아니었다. 마음의 공간도 훨씬 넓어져 같은 삶을 살고 같은 일을 하더라도 모든 걸 전보다 여유롭게 대할 수 있었다.

이제 막 자취를 시작한 사회 초년생들이라면 어쩔 수 없겠지만, 혼자 사는 사람의 종착지는 최소 두 개의 방을 가진 집이어야 한다. 하나는 침실이고 하나는 자신의 관심사에 맞게 꾸밀 수 있는 방. 패션을 좋아해 옷이 많은 사람이라면 드레스 룸으로 꾸미거나, 운동이 취미인 사람은 홈짐(Home Gym)으로 두거나, 책에 돈과 시간을 투자하는 사람이라면 서재로 만들 수도 있다. 나의 경우 방 두 개짜리 집에 살 때 작은 방은 일종의 오피스였다. 나는 동시에 여러 가지 일을 하지만 모두 집에서 하는 일이라 일상과 업무를 분리할 수 있는 확실한 작업실을 원했다. 커다란 책상에 데스크톱, 그 옆엔 카메라 보관함. 삼각대, 마이크, 외장하드……. 일하면서 필요한 모든 걸 그 방에 두었다. 일상과 일 사이에 조금 더 간격이 생기며 일하지 않는 시간과 일하는 시간 모두 더 집중할 수 있게 되었다. 한번 의자에 앉으면 일이 끝날 때까지 엉덩이를 붙이고 있었고 쉴 땐 컴퓨터는 쳐다보지도 않고 푹 쉴 수 있었다. 주방이 넓어지면서 새롭게 다양한 요리를 시도할 수 있게 되었고, 그토록 원하던 토스터를 둘 수 있는 공간이 생겼다.

최근 이사 온 집은 조금 더 넓어졌고, 방이 하나 더 늘었다. 붙박이장을 모두 뜯어내고 일부 구조도 내가 원하는 대로 바꾸었기 때문에 가구 배치와 동선을 내가 원하는 대로 짤 수 있게 되었다. 어렸을 때부터 내가 그토록 꿈꿔왔던, 집을 나에 맞추는 삶이 가능해졌다. 집에 큰 의미를 두는 나에게 그것은 당연히 삶의 질 향상으로 이어졌다. 청소와 정리를 하기엔 처음 살았던 원룸이 가장 편리하겠지만, 도리어 나는 지금 가장 깨끗하게 살고 있다. 한 시간에 걸쳐 청소기를 돌리고 물걸레질까지 한 다음 바로 물걸레를 빨아 베란다에 햇빛 잘 드는 곳에 널어둔다. 싱크대 상판 위에는 커피 머신과 토스터 등을 제외하곤 어떤 것도 올라가 있지 않게 관리한다. 옷은 벗어서 바로 옷걸이에 걸거나 아니면 빨래통으로 들어간다. 더 이상 옷을 벗어 어딘가에 켜켜이 쌓아두는 일은 없다.

집 안에서 보내는 시간도 물론 중요하지만, 집 밖에는 어떤 풍광이 펼쳐지는지, 거리에선 어떤 사람들을 마주치게 되는지, 어떤 소리가 들리고 어떤 향이 바람에 실려 오는지도 몹시 중요하다. 간간이 들리는 새소리를 배경 삼아 잎이 무성한 나무를 볼 수 있는 집과 새벽까지 차들이 신경질적으로 빵빵대는 소리에 시달려야 하는 집. 마음만 먹으면 걸어서 10분 내외로 공원에 닿을 수 있는 곳과 아무리 주변을 둘러봐도 유흥업소만 보이는 곳. 혹은 이른 아침 집을 나섰을 때 조깅을 하는 사람들이나 정장을 입고 바삐 걸음을 재촉하는 사람들을 만날 수 있는 동네와 여전히 술에서 깨지 못한 채 아무 데나 널브러져 있는 사람들을 만날 수 있는 동네는 그 자체로 다를 뿐 아니라 나의 기분과 태도에도 다른 영향을 미친다. 내가 맨 처음 자취를 시작했던 원룸은 오래된 도시의 번화가 한복판에 있었다. 위치적 특성 때문에 늦은 시간 일을 마치고 집으로 돌아갈 때 술에 취한 아저씨들이 치근덕대는 경우도 왕왕 있었고 그 오피스텔에 불법 유흥업소가 들어서 있었는지 나를 거기서 일하는 사람으로 착각하고 엘리베이터에서부터 문 앞까지 어떤 남자가 따라온 적도 있었다. 새벽까지 취객들의 커다란 목소리가 창을 넘어왔고 거리엔 담배꽁초와 가래침이 가득했다. 그런 곳에서 오래 살면 어느 순간 그 모든 일이 새삼스럽지 않게 느껴지고 결국 나 또한 그렇게 행동하는 게 아무렇지 않아진다. 그러니 우리는 모두 더 나은 안과 밖에 도달하기 위해 달려가야 한다.

사람 많고 시끄러운 걸 극도로 싫어해서 서울로 자주 나가는 편은 아니다. 하지만 가끔 날씨가 좋은 날 강변북로를 달리고 있으면 서울이 예쁘긴 예쁘다는 생각이 든다. 사람의 손길이 닿지 않아 더욱 울창하고 멋있는 밤섬을 사이에 두고 거대한 폭으로 흐르는 푸른 한강, 반짝이는 햇살 건너로 보이는 여의도 빌딩 숲, 넓은 강만큼이나 길고 위엄 있는 대교들과 너머로 보이는 희미한 산의 능선들. 물론 마땅한 주차 자리가 없어 좁디좁은 골목을 몇 바퀴나 빙빙 돌다가 가까스로 차를 대고 낡은 전봇대와 인파에 어깨라도 부딪힐세라 조심히 걷다 보면 금세 그 마음은 사라지고 진이 빠져서 '역시 난 서울이 싫다!'라고 외치게 되지만.

그러던 어느 날 친구가 연남동에 새로 생긴 예쁜 숙소에 사흘간 머물 기회가 생겼다며 함께 짧은 휴가를 보내자고 제안해 왔다. 정확히 연남동 어디에 있는지, 어떻게 생긴 숙소이며 이름은 무엇인지도 물어보지 않았지만 나와 취향이 비슷한 친구가 선택했으니 흔쾌히 수락했다. 역시나 근처에 주차장이 없어 숙소에서 도보로 20분 떨어진 공영 주차장에 간신히 차를 대고 굽이굽이 경사진 골목을 걸어 세월의 흔적이 고스란히 느껴지는 붉은 벽돌 건물에 도착했다. '여기가 우리가 이렇게나 힘들게 찾아온 숙소라고?' 하지만 이내 얇은 철문을 열고 실내로 들어갔을 땐 입을 다물 수가 없었다. 독특한 질감이 느껴지는 벽, 포세린 타일과 에폭시 사이의 촉감이 느껴지는 바닥, 마지막으로 그 공간을 완벽하게 채우고 있는 가구와 소품까지 모두 내 마음에 쏙 들었다. 영감이 마구 느껴지는 장소였다. 내가 이미 알고 있는 브랜드의 소품도 있었지만 처음 보는 것들도 많았다. 참을 수 없이 알고 싶어져서 사진을 찍어 구글 이미지 검색을 이용해 브랜드를 찾아냈다. 거친듯하면서도 반들반들한 바닥은 인테리어 카페에서 정보를 찾았는데, 이름도 생소한 마이크로 시멘트였다.

마이크로 시멘트의 장점과 단점은 뭘까? 왜 몰딩을 아예 없애버리지 않고 마이너스 몰딩을 선택했을까? 벽과 바닥 마감 방식이 비슷할 것 같은데 왜 사이에 실리콘을 쐈을까? 날개벽이 남아 있는 걸 보면 여기에 분명 벽이 있었다는 건데, 리모델링 전에는 어떤 구조였을까? 2층으로 올라가는 계단은 원래도 이렇게 가팔랐을까? 생각이 꼬리에 꼬리를 물고 계속해서 이어졌다. 내가 지금 살고 있는 집과 비교해 어떤 부분이 얼마나 다른지, 우리 집에도 적용할 수 있는 좋은 아이디어가 있는지, 카메라 셔터를 계속해서 누르며 집 구경을 하느라 정신이 없었다. 단순히 집이 잘 꾸며져 있거나 예쁘고 비싼 가구들이 놓여 있기 때문은 아니었다. 그 안에 있는 모든 것들이 내 취향과 같은 결을 가지고 있어서 행복했다. 형광등 대신 노란색 간접 조명이 가득한 그 숙소에서는 무엇을 하든 근사한 분위기가 났다. 정갈하게 정리된 조리 도구와 그릇은 밖에서 사 온 카스텔라 하나를 옮겨 담더라도 더 맛있어 보이는 힘이 있었다. 우리는 일찍 일어나 온갖 종류의 편집숍이 널려 있는 동네를 걷고 또 걸었다. 슬슬 허기짐을 느낄 때쯤 '현실에 안주하는 술집'이라는 글귀가 쓰인 간판을 발견했다. 문장이 멋있어서 몇 번 곱씹었다. 이자카야처럼 생겼는데 메뉴는 한식이었다. 아무런 사전 정보 없이 들어간 술집에서 우리는 끝내주는 감자전에 어느 장인이 만들었다는 증류식 소주를 마셨고 잔뜩 기분이 좋아져서는 홍제천을 따라 다시 숙소로 돌아왔다.

그런 식으로 머무는 내내 하루에 만 오천 걸음을 넘게 걸으며 친구와 이렇게나 멋진 동네와 완벽한 숙소에 대한 이야기를 끊임없이 나눴다. 걷는 걸 딱히 꺼리진 않지만 집에서 일하는 데다가 집순이 끝판왕이라고 할 수 있는 나는 짧은 산책을 제외하고는 오래 걷는 일이 없었다. 집에선 시간이 날 때마다 침대로 돌아가 누워 있는 게 나의 낙이며, 그렇게 누워선 과거와 현재를 오가며 생각에 빠져들곤 했다. 하지만 어째선지 그곳에서 나는 매일 정강이까지 근육통이 느껴질 정도로 걸었고, 머릿속으로 현재와 미래를 오갔다. 물론 나는 그곳에 잠시 머물다 가는 여행객일 뿐 거주민이 아니므로 내가 연남동 주민이 된다면 또 달라질 수 있겠지만, 나는 그 짧은 휴가에서 공간이 나를 바꾸는 힘을 다시 한번 크게 느꼈다.

바뀌지 않는 것

방의 크기와 위치, 나이, 자주 어울리는 사람들, 그리고 내가 향유하는 것들이 달라지며 집에도 많은 변화가 일어났다. 돈 때문에 인터넷 최저가 제품을 선택해야만 하고, 좁은 집 때문에 갖고 싶은 가구가 있어도 구입하지 못했던 날들을 지났기에 아마도 지금 내 공간은 다른 조건에 걸러지지 않은, 순수한 나의 취향이 모인 집일 것이다. 그럼에도 불구하고 여전히 내 곁에는 첫 자취방을 떠올리게 하는 것들이 남아 있다.

잠을 좋아하고, 그 어떤 시간보다도 잠자는 시간이 가치 있다고 생각하며, 동시에 불규칙한 생활 습관을 갖기 쉬운 나는 원할 때면 언제든지 침실을 캄캄하게 만들어줄 수 있는 암막 커튼이 필요하다. 여태 많은 집을 거쳐왔지만 창가엔 언제나 어두운색의 암막 커튼이 자리 잡고 있었다. 아무리 해가 쨍한 날에도 암막 커튼을 치면 아무것도 안 보일 정도로 새카매지는 방. 나는 그런 순간에 안도감을 느낀다.

침대 옆에 놓인 협탁도 어느새 나와 7년을 함께하고 있다. 마땅한 제품을 찾으려 온라인 쇼핑몰을 둘러보다가 검은색 철제로 만들어진 협탁이 눈에 띄었다. 날렵하고 어둡고 저렴하기까지 하니 내가 찾아 헤매던 협탁이 아닐 수 없었다. 먼지가 쌓이는 게 보일세라 부지런히 닦아주며 쓰길 몇 달, 블로그에 올린 사진에 누군가 댓글을 달았다. 'HAY 테이블이죠? 너무 예쁘네요.' 그제야 알았다. 내가 산 게 덴마크 유명 브랜드의 30만 원짜리 테이블의 카피 제품이었다는 것을. 그 후로도 많은 사람들이 가구 정보를 물었는데 '6만 원에 산 카피 제품이랍니다' 하고 말하기도 민망하고, 이왕이면 정품을 사라는 의미에서 HAY 제품이라고 답글을 달곤 했다. 의도치 않게 카피 제품을 구입하고 말았지만, 내가 검은 철제 가구를 정말 좋아한다는 걸 이 협탁을 들이고 나서 온전히 깨달았으므로 출처를 떠나 정말 고마운 녀석이다. 선호를 차치하고 문자 그대로 철제이기 때문에 좋은 점도 있다. 요즘 리모컨은 제품에 부착할 수 있도록 자석이 내장되어 있는데, 때문에 선풍기나 공기청정기의 리모컨이 협탁 어디에나 찰싹 잘 달라붙는다. 리모컨은 가까이에 둬도 꼭 찾으려 들면 보이지 않는 것이라 그쪽에 붙여놓으면 몹시 편리하다.

침대는 헤드에 살이 있는 걸 좋아한다. 나무가 되었든 철제가 되었든 헤드 부분이 꽉 막힌 것보단 갈빗대처럼 곧은 직선이 가지런한 게 예뻐 보인다. 좁은 자취방을 벗어나 처음으로 최저가와 관계없이 선택했던 침대는 이케아의 진회색 철제 프레임을 가진 제품이었다. 다리부터 헤드까지 두께의 변화 없이 얄팍하고 동그란 철제 파이프가 이어져 있었는데 특히나 창살 같은 헤드가 마음에 쏙 들었다. 지금의 집으로 이사 오면서 침대 사이즈를 퀸으로 바꾸는 바람에 그 침대를 팔았고, 현재는 호두나무로 만들어진 침대를 쓴다. 소재만 달라졌을 뿐 디자인은 거의 변함이 없다. 아마 미래에 다른 침대를 사는 일이 생기더라도 나는 똑같은 디자인의 침대를 고를 것 같다. 프레임 아래쪽은 공간이 비어 있는 게 좋다. 통판으로 이루어졌거나, 아래쪽에 아예 서랍이 부착된 침대가 누웠을 때 더 안정적이지만 침대 아래가 비어 있는 게 같은 공간이라도 훨씬 더 넓어 보인다. 이케아에서 구입한 납작한 수납함 두 개를 그 공간 아래 넣어두면 엎드리지 않는 이상 보이지 않으니 전기장판 같은 계절 가전과 여분의 이불 커버를 감쪽같이 보관할 수 있다.

스물셋, 다이소에 가서 샀던 나의 첫 식기를 아직도 가지고 있다. 참 마음에 들어 했던 머그잔은 숱한 설거지와 이사를 거치며 이가 나가기도, 깨지기도, 신문의 잉크가 물들기도 했지만 넓적한 접시 두 개는 여전히 잘 쓰고 있다. 하나는 가장자리에 검은색 선이 세로로 그어져 있고, 하나는 하늘색과 금색이 적절히 섞인 패턴인데 과하지 않은 수준의 장식이라 여러모로 쓰임이 많다. 특히 하늘색 테두리의 접시엔 노른자가 살아 있는 반숙 프라이와 바싹 잘 구워진 베이컨, 초록빛 아스파라거스를 한꺼번에 올릴 때가 최고. 그릇은 비싼 것과 저렴한 것 사이 기능 차이가 없는 데다가 내구성도 거기서 거기라 한 번쯤 다이소에 가서 그릇 쇼핑을 해보는 것을 추천한다. 생각보다 디자인이 정말 예쁘고, 그중에 마음에 쏙 드는 걸 발견해 나처럼 7년간 쓰게 될 수도 있다.

이불과 베개 커버도 아주 오랫동안 같은 제품을 쓰고 있다. 짙은 회색에 흰 줄무늬가 들어간 디자인으로, 한꺼번에 몽땅 세탁하거나 기분전환을 시도할 때는 종종 밝은 침구로 바꾸기도 하지만 그때를 제외하곤 대체로 같은 침구를 쓴다. 매트리스 커버도, 깔개도 다 비슷비슷한 회색이다. 침대 사이즈를 키우며 덩달아 이불도 큰 걸로 바꿨기 때문에 같은 브랜드의 같은 침구를 한 사이즈 더 큰 걸로 구입했는데, 만약 침대 크기를 바꾸지 않았더라면 구멍이 날 때까지 쓰지 않았을까.

평소 밝은 것보단 어두운 걸, 채도가 높은 것보단 낮은 걸 선호하지만 천장과 벽은 가능한 한 밝은 게 좋다. 그래야 어떤 가구를 놓든 잘 받쳐준다. 어떤 색으로 어떤 그림을 그리든 하얀 배경에 스케치를 시작하는 것과 같은 이유다. 컬러로 집에 포인트를 줘야 한다면 강렬한 색채를 품은 커다란 그림을 걸거나 커튼의 색을 바꾸거나, 러그를 깔 것 같다. 벽은 늘 흰색이어야만 한다.

시간에 따라 변화하는 해를 관찰하는 것은 변하지 않는 나의 실내 취미다. 여름과 겨울에 해의 길이가 얼마나 차이 나고 빛의 색은 어떻게 변하는지, 우리 집은 몇 시에 해가 가장 찬란하게 들어오는지, 그 빛이 방마다 어떻게 가서 비치는지. 햇빛은 매일 보는 건데도 왜 매일 마음을 빼앗기는지 모르겠다. 열심히 작업을 하다가 문득 눈이 부셔 고개를 들어보면 블라인드 사이사이를 비집고 들어와 벽에 선명한 줄무늬를 남기는 햇빛이, 커다란 거실 창을 통과해 한쪽 벽면을 더욱더 새하얗게 밝혀버리는 햇빛이, 의자 다리를 비춰 바닥에 수십 개의 선을 만들어내는 햇빛이, 산 너머로 서서히 내려가며 집안 곳곳 명도 차이를 주는 햇빛이 아름답다. 매일 마주하지만 매일 동작을 멈추게 되는 장면들이다. 야외에서 세상 모든 것들을 한꺼번에 물들이는 햇빛을 보는 것도 물론 즐겁지만, 실내로 들어오는 빛은 내가 늘 선명하게 보던 사물을 흐릿하게 볼 수 있도록 만들기에 더 즐겁다. 갖가지 화려한 색이 사라지고 오직 뿌연 회색 형체로 같아지는 집의 물건들.

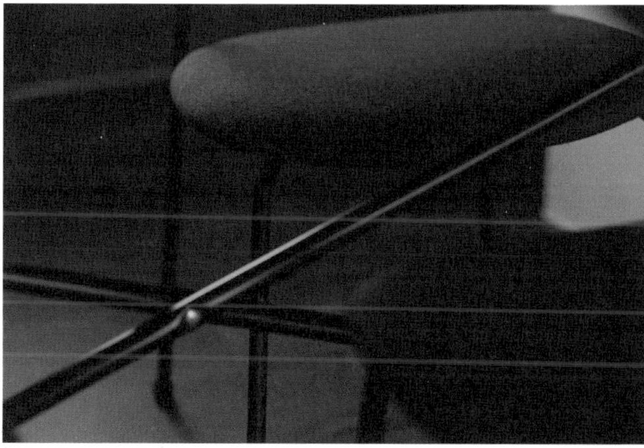

혼자 있는 방

종종 배려심이 많다는 이야기를 듣는다. 아끼는 사람들을 의도적으로 배려함으로써 내 기분이 좋아지는 경우도 분명 있지만, 사실 내가 예민한 사람이기 때문에 그렇게 비치는 경우가 더 많은 것 같다. 여러 사람이 모인 자리에선 누가 말을 꺼내려다 타이밍을 놓쳐 망설이고 있는지, 누가 좋아하는 음식이 테이블 끝에 있어 깨작거리고만 있는지, 누가 음료를 마시다 살짝 흘려 손으로 대충 닦고 찝찝해하고 있는지 다 보이는 바람에 그걸 하나하나 챙기다 보면 배려심 넘치는 사람으로 보이는 거다. 끝없이 이어진 고속도로를 타고 가면서도 방음벽에 일정하게 지그재그 무늬가 생긴 걸 보고 매연과 차량의 흐름이 시간을 만나 저렇게 되었구나, 생각한다. 나에겐 눈을 떠 다시 잠에 들 때까지 만나는 세상 모든 게 관찰 대상이고 생각의 근원이다. 그래서 밖에 나가면 쉽게 에너지를 빼앗기고 반드시 집에서 혼자 에너지를 충전하는 시간이 필요하다.

말하는 것보다 듣는 게 편하다. 물론 대화의 핑퐁이 적절하게 잘 이루어지는 상대와는 신이 나서 내 이야기를 하지만 말이 많은 사람을 마주하거나, 그런 사람들 틈에 있을 땐 하고 싶은 이야기가 있어도 굳이 말을 꺼내지 않는다. 그 사람이 하는 이야기를 듣기만 해도 이미 많은 에너지를 빼앗기는데 거기에 새로운 주제를 얹고 싶지도, 그럴 힘도 없다.

비밀이 많다. 아무리 친한 친구에게도 나의 반 이상을 보여준 적이 없다. 좁고 깊은 인간관계를 유지하는지라 주변에는 정말 친한 사람뿐인데 각 친구에 따라 공유하는 영역이 다르다. A에겐 1부터 30을 보여줬다면 B에겐 70부터 100을, C에겐 40부터 50을 보여주는 식이다. 세상에 나를 전부 이해할 수 있는 사람은 단 한 명도 없을 거라는 게 이유이고, 그보다 먼저 나조차도 남들을 이해하는 성격이 못 된다. 워낙 생각이 많으니 그 모든 걸 고스란히 공유할 수도 없을뿐더러 남들에게 보여주는 모습과 실제 생각이 정반대로 다른 경우도 많아서 굳이 있는 그대로의 나를 드러낼 필요를 느끼지 못한다.

우울에 빠지면 그 상태에 몸을 맡긴다. 축축 처지는 느린 템

포의 음악을 틀어두고 심연으로 한없이 빠져든다. 다이어리에 감정을 고스란히 옮겨 쓰고, 불을 끄고, 울고, 술을 마시고, 자고, 다시 일어나 글을 쓰고, 담배를 피우고……. 내가 굳이 우울한 기분을 떨쳐내려고 노력하지 않는 이유는 그 감정 또한 나에게 분명히 필요한 감정이기 때문이다. 나의 근간이자 영원히 떼어낼 수 없는 우울은 내 창작물들에 많은 영향을 끼쳤다. 동류의 사람들을 알아보게 된 것도, 나를 있는 그대로 받아들이고 스스로 이해할 수 있었던 것도 우울 덕분이다. 그러니 우울을 사랑할 수밖에.

혼잣말을 많이 한다. 이전에도 그랬는지, 혼자 살기 시작한 이후로 늘었는지는 잘 모르겠지만 아무튼 혼자 사는 사람치고도 혼잣말을 정말 많이 하는 편이다. 누군가를 만나지 않고 하루 종일 집에만 박혀 있는 날에도 워낙 혼잣말을 많이 하기 때문에 목소리가 잠기는 일은 없다. 영화나 드라마 속 인물들이 독백을 하는 부분에서 인위적이라고 느끼는 사람들이 많지만, 나는 극 중 인물과 유사한 수준으로 혼잣말을 하기에 오히려 동질감을 느낀다. 이것도 혼잣말에 속하는지는 모르겠지만, 창피한 기억이 떠올랐을 땐 소리를 낸다. 기침처럼 큼큼거리기도 하고, 짧고 낮은 비명을 지르거나 한숨이나 노래 멜로디를 내뱉기도 한다. 샤워를 하다가, 침대에 누워있다가, 길을 걷다가, 밥을 먹다가 내가 뜬금없는 소리를 낸다는 것은 종일 머리를 생각으로 가득 채우는 과정 중에 과거의 부끄러운 일 하나가 문득 떠올랐다는 뜻이다.

이 모든 것들을 낱낱이 내놓을 수 있는 유일한 공간이 나의 집이다. 누군가의 기분을 맞출 일도, 속사포처럼 쏟아져 나오는 이야기를 듣느라 진이 빠질 일도, 상태를 살피며 눈치를 볼 일도, 예의나 격식을 차릴 일도, 멀쩡한 척할 일도 없다. 화나면 화나는 대로, 늘어지면 늘어지는 대로 다 표현해도 괜찮다. 10년 가까이 입어서 밑단이 모두 해진 커다란 티셔츠에 팬티 하나만 입고 집안을 활보해도 된다. 한창 사진에 빠져 있던 시절, 나는 나 자신을 카메라에 담았다. 삼각대를 설치하고 타이머를 설정했다. 집에서 입을 법한 차림에 늘 하던 것처럼 생각에 잠기기도 하고 가끔은 카메라를 정면으로 쳐다보며 필름으로 현상된 자화상은 잘 차려 입고 웃는 모습으로 찍힌 일반적인 셀피(Selfie)와는 달랐다. 무표정하고 얼핏 우울이 가득한 것 같기도 한 얼굴과 한껏 늘어트린 팔과 다리, 조명이 없어 푸르스름하게 표현된 배경. 나는 그 장면을 〈혼자 있는 방〉이라고 부르고 싶었다. 누구에게나 그런 방은 반드시 있어야 하고, 지금 그런 방이 떠오른다면 당신은 행복한 사람이라고.

나 전시장

어느 날 약이 들어 있는 수납함을 정리하다가 문득 생각했다. '각 집의 의약품통만 봐도 집 주인의 일부를 알 수 있겠다.'

나에겐 한두 달에 한 번씩 찾아오는 통증이 있는데 멀쩡히 일상생활을 잘하다가도 갑자기 얼음송곳으로 뼈를 쿡 찌르는 것처럼 짧고 강렬한 고통을 느낀다. 희한하게도 특정 부위만 그런 게 아니라 어느 달은 손가락, 어느 달은 등, 어느 달은 허벅지 부위도 여기저기 돌아가며 같은 통증이 나타난다. 동네 정형외과와 신경과를 거쳐 대학병원까지 가봐도 뾰족한 원인을 알 수 없다고 해서 가끔 통증이 나타날 때면 약으로 버티며 살고 있다. 타이레놀 같은 아세트아미노펜 성분 계열의 약은 듣지 않고, 이부프로펜 성분의 약이 효과가 확실해 상시 '이지엔6'를 종류별로 두 통씩 쟁여놓고 있다. 기관지가 약한 편이라 바람이 조금만 차거나 무리한 다음 날엔 편도선이 붓는 일이 잦아 편도염 관련된 약도 많은 편이고, 여름밤엔 여러 무리 속에 긴소매에 긴바지를 입고 숨어 있어도 나만 몽땅 모기에 물리는 일이 빈번하기에 모기약은 연고형, 스프레이형, 액상형으로 구비해 두고 있다. 라섹 수술 후 안구건조증이 심해져 인공눈물도 가득하고 안연고도 하나 있다. 관절이 안 좋은 사람의 집에는 파스가 많겠고, 장염이 빈번한 사람의 집에는 지사제가, 자주 넘어지거나 칠칠맞지 못한 성격이라 잘 다치는 사람의 집엔 반창고나 마데카솔이 필수적일 것이다. 누군가는 꼼꼼하고 준비성이 강해 종류별로 약을 사 두고 대비할 수도 있다.

자취를 시작한 지 그리 오래되지 않았을 때, 친구의 자취방에 놀러 갔던 적이 있다. 형광등을 켜놓지 않고 있는 것은 나와 똑같았다. 하지만 그 친구 자취방은 바닥부터 천장까지 온통 검은색이라 내 방보다 몇 배는 어두워 보인다는 것, 스탠드 조명 대신 양초 수십 개가 놓여 있다는 점이 달랐다. 복층에 올라가기 위해서는 가파른 계단을 올라야 했는데 계단 가장자리를 따라 흐르다 만 양초가 가득했다. 중간중간 양초와 잘 어울리는 작은 피규어도 보였다. 작게 딸려 있는 테라스에는 나무로 된 테이블과 의자가 있었는데, 테라스 난간을 따라 빈 와인병

이 줄을 서 있었다. 얼핏 봐도 스무 개는 거뜬히 넘어 보였다. 정말 이 친구답다는 생각이 들었다. 그 친구는 옷도 검은색만 입고 피부는 하얗고 입술은 빨개서 뱀파이어 같은 어둡고도 섹시한 기운을 풍기는데 그 집이 그랬다.

나와 가장 친한 친구의 집에 들어가면 마치 무인양품 매장에 들어간 것 같은 느낌을 받는다. 물론 집의 많은 부분을 차지하고 있는 무인양품 가구들의 영향도 있겠지만 그것들을 제외한 가구도 대부분 흰색이나 밝은 우드톤인데다가 서로 여유를 두고 놓여 있다는 게 가장 주된 이유다. 주방에 가면 벽에 달린 일자 스테인리스 걸이에 소창 행주, 세척 솔 같은 게 일정한 간격으로 정갈하게 걸려 있고 암막 커튼과 침구는 모두 하얀색이다. 두 칸짜리 작은 수납장 위로 턴테이블이 돌아가고, 빼곡하지 않은 LP판이 서로 기대어 있다. 건조하고 날카로운 인상의 내 식물들과 다르게 그 친구의 거실엔 넓적한 잎의 몬스테라가 아기자기하면서도 차분한 느낌을 준다.

바다를 좋아해 뜬금없이 바다로 내려가 살게 되었다는 지인의 집엔 바다와 잘 어울리는 시원한 시폰 소재의 패브릭 포스터가 여기저기서 하늘거린다. 분리형 원룸 한가운데 세 명은 거뜬히 앉을 수 있을 것 같은 가죽 소파가 자리 잡고 있음에도 전혀 좁다거나 이상한 느낌이 들지 않았다. 책상과 서랍장 위엔 딱 필요한 것들만 올라가 있었고 집안 곳곳에 작은 스탠드가 켜져 있어서 아늑함을 주었다. 흰색과 스틸이 곳곳에서 조화로웠다. 취향이 진득하게 드러나는 가구와 소품이 인상적이었다. 내가 사려고 벼르다가 결국 사지 못했던 가구도 있었고, 여전히 장바구니에 담아놓은 조명도 있었고, 그날 처음 봤지만 한눈에 반해버린 스피커도 있었다. 모든 것이 간결한 그 집에 가장 물건이 많은 곳은 주방이었는데, 와인 잔만 해도 여섯 개는 족히 되는 것 같았다. 2인 초밥 세트는 거뜬히 올라갈 수 있을 만큼 커다랗고 두꺼운 도마와 하부장 한 칸 가득 차곡차곡 쌓인 접시, 밥솥 대신 크기별로 놓인 진짜 솥들. 밝은색과 차가운 느낌의 가구를 선호하며 향이 나는 것들을 좋아하고 깔끔하면서 요리를 즐겨하는 사람이란 걸 그 집에 들어서 한 바퀴 빙 돌아보며 알 수 있었다. 지인은 커피 머신의 전원을 켜며 물었다. "어떤 원두로 내려드릴까요?" 나는 어떤 원두가 있냐고 되묻는 대신 브라질이라고 답했다. 취향이 많이 겹치는 집이라면 왠지 내가 좋아하는 원두도 있을 것 같아서였다. 그의 찬장엔 정말로 많지 않은 원두 종류 중 브라질이 있었고, 내 입맛에 맞는 커피를 마실 수 있었다.

이태원에 사는 친구는 집만 봐도 이태원 바이브가 강렬하게 느껴진다. 침대 근처 벽에는 후드티와 캡모자가 줄지어 걸려 있고 컴퓨터엔 각종 볼드체 타이포 스티커가 잔뜩 붙어 있다. 모든 물건은 어지럽게 놓인 것 같으면서도 나름의 질서를 지키며 어우러졌다. 색색의 불투명 플라스틱 컵과 새빨간 고무장갑, 검은색 삼선 슬리퍼, 모서리가 들린 장판…….

집은 살고 있는 사람의 모든 걸 보여준다. 그 사람이 가장 좋아하고 많은 시간을 보내는 공간이 어디인지, 무슨 색을 제일 좋아하는지, 어떤 브랜드를 선호하는지. 취미는 무엇이고 어떤 성향의 사람인지. 옷장을 보면 그 사람의 스타일을 알 수 있고, 냉장고를 열면 그 사람이 얼마나 요리를 하는지 혹은 어떤 음식을 좋아하는지 알 수 있다.

집은 나를 전시하는 하나의 작은 전시장과 같다. 친구들의 집을 방문해 그 친구가 집에서 입고 있는 차림 그대로 생활하는 모습을 사진으로 남긴 시리즈 〈집(2015)〉을 완성했다. 카메라를 들이대도 어색해지지 않도록 평소처럼 떠들며 순간순간 셔터를 눌렀다. 피사체가 가장 편하게 여기는 공간에서 가장 편안한 차림으로 찍은 사진은 또 다른 나를 보는 것 같아 보정을 하지 않아도 퍽 마음에 들었다. 강아지를 껴안고 민소매 차림으로 소파에 드러누워 멍하니 TV를 보는 친구, 집 모서리에 웅크리고 앉아 얼굴을 감싼 친구, 베란다에서 세탁이 거의 끝나가는 세탁기에 기대 휴대폰을 만지는 친구…….

꼭 멋지고 값비싼 것들로 채우지 않아도 집주인의 때가 묻어나는 가구나 취향이 보이는 소품들로 가득한 집은 정말로 근사하다.

안전에는 돈이 든다

처음 자취방을 알아볼 때 뼈저리게 느꼈던 건, 안전에도 돈이 필요하다는 사실이었다. 여기서 돈이라는 건 문자 그대로의 돈이 아니라 상대적 비용이다. 당연히 길바닥보단 집이 안전하고 보안 시스템이 없는 것보단 있는 게 안전하겠지만, 그 안전 비용이 누구에게나 평등하지 않다는 게 문제였다. 똑같은 수준의 안전함을 느끼기 위해 누군가는 더 많은 돈을 내야 하고, 실제로 내고 있다.

세상에 비어 있는 원룸은 많고, 개중에는 월세가 엄청나게 저렴한 집도 많았지만 그중 내가 선택할 수 있는 집은 없었다. 여자 혼자 산다는 게 밖에서 보일 수도 있으니 저층은 당연히 패스. 관리인이나 경비원이 상주하고 있지 않은 건물들과 인적이 드문 곳에 있는 매물들도 패스. 결국 내 선택지에 남은 건 유동 인구가 많은 곳에 위치한 오피스텔뿐이었다. 문득 대학 시절 놀러 갔던 남자 동기의 집이 생각났다. 망원시장을 지나 한참을 더 걸어 가로등조차 닿지 않는 으슥한 골목에 위치한 낡고 허름한 빌라. 엘리베이터가 없어 계단으로 두 층계를 걸어 올라가는 동안 어떤 조명도 켜지지 않았다. 어두운 저녁이라 발을 헛디딜까 휴대폰을 꺼내 플래시를 켰다. 꽤 여러 명이 모인 자리였음에도 동기들의 문장 사이사이 이웃집의 생활 소음이 고스란히 벽을 타고 넘어왔다. 그 말은 이 집의 소리도 그렇게나 쉽게 타인에게 닿을 수 있다는 뜻이었다. 가끔 쥐가 출몰하기도 하고, 바퀴벌레는 예삿일이라고 했다. 대신 월세는 그만큼 저렴했고 보증금도 거의 없는 수준이었다. 관리인이 없으니 공동 관리비가 없는 건 당연하고 전기세나 수도세 정도만 딱 쓴 만큼만 내면 된다고 했다. 하지만 나는 아무리 돈이 없어도 그 집에 살 수 없을 거라는 생각을 하며 똑같이 가난한 자취생이라도 성별에 따라 고려할 수 있는 밑바닥이 다르다는 사실에 씁쓸해졌다.

문제는 내가 10만 원가량의 관리비를 꼬박꼬박 내고 월 50만 원 이상의 오피스텔에 살더라도 썩 안전하다고 느끼지 못했다는 점이다. 앞서 언급했듯 어떤 남자가 문 앞까지 나를 따라온

적이 있었는데, 그 후로 건물을 자세히 살펴보니 1층과 엘리베이터, 각 층의 복도 끝에만 CCTV가 설치되어 있었다. 세대수가 워낙 많고, 건물이 디귿(ㄷ) 모양으로 꺾여 있어서 복도 중앙에 위치한 우리 집은 무슨 수를 쓰더라도 아예 찍히지 않는 구조인데다가 설상가상으로 엘리베이터와 가장 가까웠다. 만약 누군가 마음먹고 집에 침입하려 한다면 엘리베이터에 내리는 것까지만 찍히고 어느 집에 몇 시에 들어가서 몇 시에 나오는지 전혀 알 수 없을 터였다. 만약 엘리베이터를 이용하지 않고 계단을 이용한다면 상황은 더 나빠질 게 뻔했다. 한동안은 현관을 나서며 그런 생각들을 했다. 여기서 묻지마 살인이 일어나더라도 DNA를 남기지 않는 이상 범인을 잡는 건 거의 불가능하겠구나. 영영 미제 사건으로 남는 건가? 아니, 원룸 오피스텔은 1인 가구가 많으니 애초에 살인이 일어났는지도 모를 수도 있겠다. 워낙 많은 문들이 다닥다닥 붙어 있는 곳이라 그런 건지, 아니면 다른 의도가 있었던 건지 모르겠지만 그 집에 살면서 집을 잘못 찾아온 사람들도 꽤 많이 만났다. 초인종만 누르고 그냥 가는 사람도 있었고, 인터폰으로 누구냐 물으면 엉뚱한 호수를 대는 사람들도 있었다. 상대가 여자건 남자건 불안하긴 매한가지였다. 몇 명이 사는지 체크해 초인종 옆에 도형으로 표시한다는 도시 괴담이 떠올라 집에 들어올 때마다 초인종 옆을 확인하기도 했다. 택배와 배달 음식은 집에 있어도 문 앞에 놓고 가달라고 꼬박꼬박 메모를 남겼다. 지금은 코로나 때문에 비대면 배달이 일상이 되었지만, 그 당시엔 뻔히 집에 있으면서 왜 문도 안 여냐며 큰소리로 욕을 하는 배달기사도 있었다. 그 뒤 두 번의 이사를 거쳤지만 상황은 비슷했다. 사람이 다니지 않는 게 무서워 번화가로 이사를 왔건만 오히려 사람이 너무 많아서 무서웠다.

송도 오피스텔로 옮겼을 땐 조금 나았다. 일단 건물 1층 출입구에 비밀번호가 걸려 있어서 각 세대에서 설정한 비밀번호를 눌러야만 출입할 수 있었다. 번화가는 아니었지만 지하철역이 건물 바로 앞에 있어서 유동 인구가 적지 않았고, 대부분 젊은 직장인들이었다. 더는 술에 취한 아저씨들이 말을 거는 일도 없었다. 복도는 늘 조용했고, 내가 이사간 지 얼마 되지 않아 모든 복도에 CCTV를 몇 개나 추가해 거의 인터폰 수준으로 우리 집 앞이 잘 찍히게 되어 마음이 놓였다.

내가 오피스텔이 아닌 아파트를 매매하게 된 주된 이유도 안전이었다. 짧은 주기로 사람들이 들어왔다 나가길 반복하는 오피스텔과 다르게 아파트는 전세와 자가 비율이 높고 대부분 가족 단위로 거주하기 때문에 건물 내에서 이상한 사람을 마주할 확률이 현저히 떨어졌다. 게다가 건물 하나만 덜렁 있는 게 아니라 몇 동이 모여 단지를 이루고 있어서 울타리 안에 들어와 있는 것 같은 안정감을 받았다. 그렇다고 불안함이 없어졌냐고 하면 그건 또 아니다. 이사를 오며 가장 먼저 장바구니에 담았던 건 현관문에 설치할 수 있는 CCTV였다. 실시간으로 앱을 이용해 화면으로 현관 앞을 확인할 수도 있고 누군가 오래 머문다면 해당 장면을 촬영해 알람을 준다고 했다. 위급 상황에 비상 버튼을 누르면 보안업체에서 바로 출동한다는 것도 메리트였다. 매매한 집에 설치된 기본 초인종에도 움직임 감지 기능이 있어 누군가 현관문 앞에 일정 시간 이상 서 있으면 사진이 찍혀 월패드에 고스란히 기록되지만, 월패드와 최신형 도어록도 손쉽게 해킹이 이루어진다는 영상을 본 이후로는 그마저도 믿을 수 없게 되었다. 결과적으로는 이사를 오고 반년이 넘은 지금까지 그 카메라를 설치하지 않은 채 지내고 있는데, 결제 직전까지 갔다가 멈춘 이유는 억울함이었다. 왜 나는 어디에서 살든 불안을 가진 채로 살아야 하는가. 왜 여자들이 내 집에서 안전을 느끼려면 추가 비용을 지불해야 하는가. 내 잘못도 아닌 일에 다달이 몇 만 원씩을 내며 살아야 한다고 생각하니 갑자기 부아가 치밀었다. 하지만 일련의 사건들로 인해 나는 여전히 밤에 무슨 소리가 나면 온몸의 신경을 쭈뼛 세워 빠르게 뛰는 심장을 부여잡고야 만다. 안전에는 돈이 들지 않는 세상이었으면 좋겠다.

5장

그리고 필요한 것들

동네 친구와 단골집

꽤 어린 나이부터 혼자 살고 있는 내가 아직 독립을 하지 못한 사람들로부터 가장 많이 듣는 질문은 혼자 살면 외롭지 않냐는 거다. 반복적으로 같은 질문을 듣다 보니 외려 더 깊게 생각하게 되었다. 나는 혼자이기 때문에 외롭다고 생각한 적이 단 한 번도 없었는데, 사실은 외로운 건가? 외로워야 정상인데 내가 그걸 부정하고 있는 걸까?

베베가 늘 함께했기 때문에 완전히 혈혈단신은 아니니 단언은 할 수 없겠지만 역시나 나는 혼자 살아서 외롭지는 않은 것 같다. 아마 베베가 없었더라도 정서적으로 힘들지언정 외롭지는 않았을 거다. 물론 나라고 외로움이라는 감정을 아예 느끼지 못하는 건 아니다. 나는 자주 외롭다. 어릴 땐 언제나 내키면 볼 수 있었던 친구들이 취업을 하고 일이 바빠 점점 멀어져 가는 게 느껴질 때나, 늘 붙어 다녔던 단짝이 연애에 푹 빠져 얼굴 보기가 힘들어질 때, 불이 꺼진 푸르뎅뎅한 방에 누워 멍하니 천장을 응시할 때, 남들은 가족끼리 모이는 명절이나 연말에 홀로 시간을 보낼 때 등등. 하지만 그 모든 상황은 내가 혼자 살기 때문에 벌어진 일이 아니다. 가족들과 함께 산다고 해도 나이를 먹으며 인간관계가 변하는 것을 막을 수도 없고, 친구가 연애를 하지 않는 것도 아니다. 물론 엄청나게 화목한 가정이라 늘 가족과 부대끼며 살아도 웃음이 넘치고 서로 부딪히는 일조차 없다면 갑작스레 독립을 했을 때 공허함을 느낄 순 있다. 밥을 혼자 차려 먹고, 고요한 방에서 혼자 잠이 드는 생활은 하루아침에 적응하기 힘드니까. 하지만 그 역시 사이 좋은 가족들과 떨어졌기 때문에 외로움을 느끼는 거지 혼자 살기 때문에 외로워진 건 아니다. 혼자 사는 것을 마치 1인 로켓에 태워져 우주로 쏘아 올려지는 것처럼 여기는 사람들이 많지만, 혼자 산다고 해서 사회와 단절되는 게 아니다. 혼자 살아도 여전히 일을 하고, 그 과정에서 많은 사람을 만나고, 일이 끝나면 가끔 친구들도 만나 술 한잔을 하고, 마음이 맞는 사람을 만나게 된다면 연애도 하고 집에 초대를 할 수도 있다. 독립이 영원한 솔로 라이프를 뜻하는 건 더욱 아니니 자취를 준비하며 노년의 고독사를 걱정하는 상상은 멈춰도 좋다.

다만 혼자 사는 사람들에게 필수적으로 필요한 두 가지 요건이 있다. 동네 친구와 단골집. 아무리 친구가 많아도 내가 사는 지역과 멀리 떨어져 있다면 갑작스레 힘든 일이 닥쳤을 때나 응급한 상황에 만나기가 어렵다. 몇 주 전부터 약속을 잡아야만 서로의 중간 지점에서 잠시 만날 수 있다면 지속적으로 정서적 안정감을 주고받기도 힘들다. 그러니 같은 동네에 사는 친구는 정말로 필요하다. 기분이 울적한 밤에 갑작스레 불러내 맥주 한 캔을 마실 수 있는 친구, 하다가 보니 눈덩이처럼 불어난 잡채를 뜨끈뜨끈한 상태 그대로 나눠줄 수 있는 친구, 급하게 외출할 일이 생기면 선뜻 베베를 맡길 수 있는 친구, 날이 좋으면 운동복을 입고 만나 같이 산책을 하거나 조깅을 할 수 있는 동네 친구가 한 명이라도 있다면 삶의 질은 수직 상승한다. 몇 년 전 익숙한 동네를 벗어나며 가장 아쉬웠던 부분도 친구들과 멀어진다는 점이었다. 슬프게도 나이가 들수록 새로운 인연을 만드는 건 몇 배로 어려워져서 나는 여전히 새로 이사 온 동네에 친구를 만들기 위해 고군분투하고 있다. 예전에는 열 개 중에 하나만 맞아도 나랑 잘 맞는 사람을 만났다며 좋아했는데, 이젠 열 개 중에 아홉 개가 맞아도 나머지 하나가 다르다는 이유로 거리를 두게 된다. 그럼에도 나는 여전히 나와 잘 맞는 단 한 명의 동네 친구를 찾기 위해 끊임없이 노력중이다.

단골집을 만드는 건 그에 비하면 훨씬 간단하다. 집 근처에 최대한 많은 가게를 방문하고 나와 잘 맞는 곳을 사장님이 알아볼 때까지 꾸준히 가면 된다. 다행히 나는 한 가지에 꽂히면 친구들이 다 질려서 혀를 내두를 정도로 끝을 보는 성격이기에 사장님들의 눈에 쉽게 띄는 편이다. 단적인 예로 최근 빠져 있는 소고기 전문점은 집에서 30km가량 떨어져 있는데도 불구하고 일주일 만에 세 번을 갔다. 또 새로운 사람들에게 낯가림이 엄청 심하면서도 동시에 완전한 타인이라고 여기는 사람들에겐 넉살이 좋은 편이라 고기가 너무 맛있다는 둥, 이 맛을 못 잊어서 40분 넘게 차를 타고 온다는 둥 대부분 속으로만 생각하고 넘길 법한 긍정적인 문장들을 입 밖으로 쉽게 꺼낸다. 당연히 사장님은 나를 기억하고 더 친절하게 대해주고 나도 기분이 좋아진다. 송도 오피스텔 1층에 있던 편의점 사장님과도 방문 첫날부터 안면을 터서 내가 이사한다는 소식에 사장님이 퍽 섭섭해했고, 일산에 있는 고깃집 매니저님은 2년 만에 방문한 나를 알아보고 서비스를 내왔다. 그런 단골집이 동네에 하나씩 생기게 되면 점차 동네가 낯설지 않게 느껴지고 내 구역이라는 친근함이 들 수밖에 없다. 친구들을 동네로 덜컥 초대하기도 쉽고, 스스로 내가 사는 곳에 애정이 생긴다. 혹시 그 지역을 떠나게 되더라도 다시 방문했을 때 마음 편히 찾아갈 수 있는 곳이 있다는 점도 좋다. 나는 여전히 일산에 가서 친구를 만날 때면 스무 살 때부터 줄곧 들렀던 24시간 카페에 간다. 이제는 더 이상 예전처럼 사람이 많지 않고, 커피 맛도 썩 좋지 않지만 그곳에 가면 마음이 편해진다.

최고의 시나리오는 동네 단골집을 동네 친구와 방문하는 것이다. 이 동네로 이사 온 지 그리 오래되지 않은 나에겐 아직 먼 얘기라 대신 일주일에 한 번 정도 친한 친구가 살고 있는 동네로 가 같이 공원 한 바퀴를 달리고, 샤워 후 개운한 몸으로 밥을 먹고, PC방에 가서 어렸을 때 하던 게임을 한다. 별로 대단한 일들도 아닌데 좋아하는 사람과 하면 마냥 기분 좋고 재밌는 그런 거다. 언젠가는 나의 구역에서도 이 모든 일을 할 수 있길. 지금으로선 그저 상상만 하고 있지만 상상만으로도 행복하다.

산 혹은 바다

자연을 썩 좋아하는 편은 아니다. 아니, 엄밀히 말하자면 자연은 참 좋은데 그 단어에 필연적으로 따라올 수밖에 없는 무수한 벌레들이 소름 끼치도록 싫다. 푸르른 녹음 한가운데 서서 숨을 들이켤 때 갑작스레 귀청이 찢어질 듯 울어대는 매미나 몸집은 작은데 아주 새카맣고 어디로 튈지 몰라 심장을 두근거리게 하는 귀뚜라미, 다음 경로를 종잡을 수 없는 나비…….

그것들 없이 내가 취하고자 하는 예쁜 자연만 똑 떼올 순 없겠지만 그럼에도 사람이 살아가는 데 최소한의 자연은 꼭 필요하다고 생각한다. 맨 처음 그 중요성을 느끼게 된 곳은 런던이었다. 첫 유럽 여행의 첫 여행지였던 런던은 여러모로 나에게 새로운 시각을 선사했는데, 그중 가장 충격적이었던 게 바로 도심 속 공원의 개수였다. 공원이 얼마나 많은지 코너를 돌 때마다 새로운 공원을 마주쳤다. 사실 '공원'이라는 단어로 묶어 부르기 애매할 정도로 한국의 공원과는 개념 자체가 달랐다. 가장자리를 따라 한 시간 동안 자전거를 타도 끝이 없을 만큼 커다란 공원도 물론 있었지만, 놀이터만큼이나 작은 공원들이 대부분이었다. 적당한 벤치 하나 없는 경우도 허다했다. 그래도 잔디는 푸르렀고, 꽤 긴 길이로 잘 다듬어져 있어 앉아보면 폭신했다. 몇십 년은 되어 보이는 굵은 나무들이 짙고 커다란 그림자를 제공했고 사람들은 그 아래 아무렇게나 털썩 누워 각자의 시간을 보냈다. 노래를 듣는 사람들, 낮부터 와인을 마시는 사람들, 책을 읽는 사람들. 제각각의 옷차림과 행동을 하는 사람들의 공통점은 단 하나. 아무도 돗자리를 펴지 않는다는 것. 그런 사람들 속에서는 나도 벌레 생각을 하지 않고 잔디 위에 풀썩 앉을 수 있었다. 몇 분에 한 번씩 자꾸만 공원을 마주치니 제아무리 양옆으로 회색 건물들이 가득해도 도시에 생기가 돌았다. 하루는 지하철인가 버스를 타고 하이드 파크에 갔다. 하이드 파크는 비행기가 런던에 도착할 때쯤 상공에서 가장 먼저 눈에 띌 만큼 커다란 공원인데, 직접 들어가 보니 어디 하나 겹치거나 비슷한 공간이 없을 만큼 다양한 모습으로 꾸며져 있었다. 내가 가장 좋아했던 곳은 공원 중앙을 가로지르듯 놓인 거대한 호수였다. 그 호수엔 내가 살면서 봤던 모든 새의 총합보다도 많은 수의 새들이 있었다. 이름도 모를 수많은 새 중에 내가 알아볼 수 있는 몇 안 되는 종은 거위와 백조 정도였다. 잔디에 앉아 있으면 빠르게 달리다 우뚝 멈춰서길 반복하는 귀여운 청설모와 다람쥐를 볼 수도 있었다. 애써 근교로 멀리 나가지 않아도 이런 자연을 만날 수 있다는 건 정말 부러운 일이었다.

그 뒤 한국에 돌아와서 나는 의식적으로 집 근처 공원에 출석 도장을 찍었다. 당시 살던 집에서 가장 가까운 공원은 도보로 15분 정도의 거리였는데, 번화가의 골목길을 걸어 공원에 도달할 때쯤이면 노령의 베베는 벌써 지쳐 있었다. 사람들이 크게 웃고 소리치는 소리와 신경질적인 자동차 액셀 소리에 겁을 먹었고 마침내 도착한 공원에서도 출입을 금한다는 표지판 때문에 잔디밭엔 들어가지 못했다. 그래서 그다음 집을 알아볼 때는 공원이 가깝다는 점에 아주 후한 점수를 주었다. 후문 출입구를 열면 바로 센트럴 파크라 '공원까지 걸어간다'라는 과정이 아예 사라졌다. 집에서 옷을 입고 엘리베이터에서 내려 유리문 하나만 열면 바닷물이 흐르는 공원이었다. 인공적인 조성이라고 해도 어쨌든 자연과 한 걸음 더 가깝게 살게 된 후 내 일상은 많이 바뀌었다. 운동이라면 질색을 하던 내가 러닝을 시작하게 됐고, 창문에 늘 암막 커튼을 쳐두던 내가 창밖으로 공원을 내다보는 시간이 생겼다. 매일 더 긴 산책을 했다. 다리가 아픈 베베를 유모차에 태워 공원을 한 바퀴 돌기도 하고, 어느 햇빛 좋은 날엔 친구들과 원터치 텐트를 들고 나가 잔디밭에서 소소한 피크닉을 했다. 운하를 따라 가지런히 배치된 벤치에 앉아 반짝이는 윤슬을 감상하며 시간을 보내기도 했고, 여름밤엔 친구들과 캔맥주를 마셨다. 조용히 흐르는 물은 마치 손만 뻗으면 만질 수 있을 것처럼 가까웠다. 어두운 밤이라 선명하게 보이진 않았지만 한참 가만히 시선을 집중해 보면 유유히 물살을 타고 떠다니는 게를 볼 수도 있었다. 아침엔 주로 공원을 달렸지만, 변화를 주고 싶은 날엔 반대 방향으로 달려 바다로 향했다. 방조제에 막혀 갯벌도 모래사장도 없는 절벽 같은 난간에 기대야 바다를 볼 수 있었지만, 그것만으로도 충분했다. 바람에 스리슬쩍 실려 온 짠내와 일정하게 들려오는 물소리, 마치 멈춘 것처럼 날개를 활짝 펴고 하늘에 떠 있는 갈매기들은 비행기 같았다. 타원형의 몸통과 삐죽삐죽 깃털의 모습은 찾아볼 수 없는 커다란 날개. 산과 바다 중에 굳이 고르라면 바다일 뿐이지 바다를 그렇게 사랑한 것도 아니면서, 시원스런 파도가 치거나 맑은 물에 발을 담글 수 있는 동해도 아니면서, 바다 근처에 살아 행복하다는 생각을 했다.

절친한 친구는 한때 산골짜기 같은 동네에 살았다. 처음 친구가 그 부근으로 집을 보러 간다고 했을 때 따라가지 못한 나는 대신 로드뷰로 그곳의 주소를 찍어봤는데 올라가는 길부터가 몹시 가팔랐다. 겨울엔 두 발로 걸어 내려오기도 힘들 것 같았다. 그 가파른 언덕길의 가장 위에 빌라가 있었다. 뒤로는 커다란 산이 병풍처럼 붙어 있었고, 거리는 조금 있었지만 건물 앞과 옆으로도 산이 보였다. 나는 그 외진 위치가 걸려 반대 의견을 냈지만 결정은 친구의 몫이었고 결국 그는 그곳으로 이사를 했다. 친구 집에선 어느 쪽의 창문이든 무성한 초록 나무들이 보였다. 비가 오는 날이면 흙냄새가 잔뜩 났고 맑은 날엔 온종일 각양각색의 새들이 고운 울음소리가 집안을 채웠다. 하지만 산으로 둘러싸인 만큼 덥든 춥든 사방에서 벌레들이 출몰했다. 나는 그 모습에 기겁을 했지만 친구는 산이 좋다며 집을 정말 마음에 들어 했다. 내가 봐도 그 집은 친구와 잘 어울렸다. 내가 들어간 모습은 전혀 상상이 안 되지만, 그 집을 떠올리면 자연히 친구가 앉아서 책을 읽는 모습이 함께 연상될 정도였다. 모든 사람에게 맞는 공간은 없다는 걸, 각자에겐 각자의 배경과 집이 있다는 걸 그때 여실히 느꼈다. 하지만 여전히 이곳에도 남은 공통점 하나는 우리 모두에게 최소한의 자연은 필요하다는 것.

나의 전부

내 인생에서 뺄 수 없는 가장 중요한 존재는 단연 베베다. 나, 그리고 내 삶은 스물셋 독립 이후로 180도 변했고, 그 이후 모든 시간을 베베와 함께했기 때문에 베베는 나라는 사람 자체와 같다. 견주와 그들의 강아지는 서로 닮는다는 말이 있지만, 베베와 나는 정말 성격도 비슷하다. 낯을 많이 가리고 친해지기까지 오래 걸린다. 한번 친해진 대상과는 아주 잘 지내면서도 곁을 완전히 내주지는 않는다. 고속 드라이브의 바람을 즐기고 산책보다 잠을 좋아한다. 질투가 많고 온전한 애정을 갈구한다.

내 옆에 곤히 잠든 베베의 촉촉한 코를 만지며 베베가 없는 삶을 자주 상상한다. 베베가 없었다면, 나는 지금 어디에서 어떻게 살고 있을까? 가장 외롭고 힘들었을 시기에 베베마저 없었더라면 최악의 경우 나는 이 세상에 더 이상 존재하지 않았을 수도 있다. 용기가 없어 꾸역꾸역 살았다고 가정하면 학교를 졸업하고 적당한 회사에 이력서를 넣어 전공을 살려 살아가고 있을 것이다. 애초에 프리랜서의 길을 걷게 된 건 베베 때문이었으니 베베가 없었다면 결코 불확실하고 불안정한 프리랜서의 길을 택하진 않았을 것이다. 꾸준히 커리어를 이어갔다면 지금쯤은 대리를 달았을 수도 있었겠다. 패션 회사의 대리로 살아가고 있는 다른 평행세계의 내 집은 어떻게 생겼을지도 궁금해진다. 어린 시절 상상대로 회사 근처에 방을 얻었으려나? 회사 근처면 아무래도 서울 한복판일 테니 방은 넓지 않을 것이고, 워라밸이라곤 없는 대한민국 패션계의 종사자로서 집 근처에 공원이 있건 말건 별 상관도 안 했으려나?

나만 바라보는, 내가 책임져야 할 존재가 있다는 것은 모든 걸 놓아버리고 싶을 때도 나를 아주 구렁텅이까지는 빠지지 않도록 해주었다. 한없이 무기력해져 침대에 엎어져 있다가도 베베와 산책하기 위해 몸을 일으키고 입맛이 뚝 떨어져 끼니를 거를 때도 베베의 밥은 때맞춰 챙겼다. 나는 이 소중한 생명체와 그의 사랑을 받고 있는 나에게 최선을 다하기 위해 끊임없이 일을 찾았고, 더 나은 환경을 만들려 애썼다. 베베는 마치 그 노력을 알아주기라도 하듯 생활 환경이 바뀌고 넓어질수록 눈에 띄게 행복해했다. 햇빛도 잘 들지 않던 캄캄한 원룸에서는 기껏해야 침대와 바닥을 오르내리는 게 실내 활동의 전부였다면 이제 베베는 넓은 집을 마음껏 뛰어다닌다. 아침에 일어나 환기를 시키기 위해 거실 창문을 열면 쪼르르 쫓아와 고개를 한껏 들고 킁킁거리며 바깥에서 들어오는 냄새를 맡는다. 햇살이 강렬한 오후엔 따끈하게 데워진 마루에 누워 새근새근 낮잠을 자고, 내가 일을 하거나 운동을 하는 동안 심심해지면 어디선가 장난감을 물어와 내 앞에서 내려놓으며 놀아달라고 꼬리를 흔든다. 겨울엔 담요 위나 내 무릎처럼 따뜻한 곳을 찾아오지만 여름엔 베란다에 나가 차가운 타일과 따스한 햇빛을 동시에 즐긴다.

인터넷에는 가끔 충성스러운 강아지들의 모습을 촬영한 동영상이 올라와 화제가 된다. 주인이 울기 시작하자 곁으로 다가와 어깨에 고개를 폭 기대는 개, 주인이 위험에 처하자 큰 소리로 짖어 주변인을 끌어오는 개. 베베는 눈치도 빠르고 새로운 것도 곧잘 배우는 똑똑한 강아지지만 이상하게도 그런 면모는 하나도 찾아볼 수 없다. 내가 집에서 소리를 내서 울 때도 베베는 옆에서 코를 드르렁드르렁 골면서 잘 자니까. 얼마 전에는 베베랑 산책을 하다가 작은 언덕길에서 발목이 꺾여 엉덩방아를 크게 찧으며 넘어지며 베베의 목줄을 놓쳐버렸다. 베베는 뒤도 돌아보지 않고 종종종 몇 걸음 걸어 나가더니 잔디밭에 볼일을 봤다. 발목도 엉덩이도 아팠지만 너무 웃기고 어이가 없어서 웃음이 났다. 드라이브를 할 때는 태풍처럼 몰아치는 바람에 눈도 제대로 뜨지 못하면서 고개를 내밀고 작은 앞발로 창틀을 꼭 붙잡는다. 바람을 잔뜩 맞고 나면 얼굴의 털이 모두 뒤쪽으로 쏠려 족제비처럼 보이는데 그 모습이 아주 만족스러워 보인다. 털이 길면 이리저리 잘 눌린다. 뒤척거리며 잠에 들었다 일어난 베베는 사방팔방으로 털이 눌려서 꼭 찌그러진 것 같다. 나는 정말 많은 순간에 이 작은 아이 덕에 구원받고, 웃는다.

베베 덕에 시작한 프리랜서의 삶은 어렸을 때부터 학원을 거부하고 혼자서 하는 공부를 선호하던 나에게 너무나도 잘 맞았다. 그렇게 하루하루 현재에 집중하며 살다가 어느새 여기까지 왔고, 앞으로도 어찌 풀릴지 모르겠지만 늘 오늘처럼만 살아가려고 한다.

Money side up

나가며

인생 최초로 마주했던 인테리어에 대해 생각하면 엄마가 벽에 핸디코트를 바르던 장면이 떠오른다. 헤라로 벽에 핸디코트를 듬뿍 올리고 빗으로 펴 발라 물결 같은 질감을 더했다. 빗이 지나간 자리에 선명한 자국이 남는 것도 근사했고 그런 멋진 작업을 하고 있는 게 우리 엄마라는 것도 신기했다. 다 굳어졌을 때의 오돌토돌한 감촉이 기억난다. 방문들은 어느 날은 온통 벚꽃색으로, 어느 날은 바다색으로 휙휙 변했고 엄마는 누구에게서 배운 것도 아닌데 좁은 벽에 세로로 테이프를 붙이고 페인트칠을 해서 마치 포인트 벽지를 바른 것처럼 색다른 벽을 만들어내기도 했다. 학교에 다녀오거나 자고 일어났을 때 집의 일부가 엄마의 손을 거쳐 그렇게 변해 있는 날이면 너무 신기해서 최대한 가까이 다가가 보고 또 봤다. 그러나 어린 나에게 호기심과 흥미로 남았던 그 작업들은 엄마에겐 조금 다른 의미였다는 걸 얼마 전에서야 같이 저녁을 먹다가 알게 되었다. 아침 일찍 일어나 남편의 셔츠를 빳빳이 다리고 세 명의 아이들을 씻기고 먹이고 입혀 학교에 보내고 숨 돌릴 틈 없이 다섯 명분의 집안일을 하고, 장을 봐 저녁거리를 준비하고 집에 돌아온 아이들과 남편에게 갓 지은 밥을 먹이고, 산더미 같은 설거지를 하고 마침내 잔뜩 어질러진 집 안을 정리하고 돌아서면 캄캄한 밤이었을 그 시절 엄마는 새벽에 잠을 자지 않고 페인트칠을 하거나 재봉틀로 커튼을 만드는 일이 낙이었다고 했다. 온전한 나만의 시간이 없어 답답한 일상에서 그 새벽 작업은 하루 중 처음으로 오로지 엄마 자신을 위해 보내는 시간이었을 것이다. 이후 이혼을 하고 오랫동안 힘든 시간을 보낸 뒤 마련한 약간의 목돈으로 엄마가 가장 먼저 한 일은 대출을 많이 껴서라도 집을 사는 것이었다. 그렇게 마련한 경기도의 오래된 소형 평수의 아파트는 아직까지 엄마의 든든한 버팀목 역할을 하고 있다. 어느 해 여름엔 온 바닥에 비닐을 깔고 엄마와 벽을 새하얗게 칠했다. 또 어느 해 여름엔 쿰쿰한 냄새가 나는 서재의 짐을 모두 들어내고 장판부터 새로 깔아 화사한 드레스룸으로 탈바꿈하기도 했다. 목이 뻐근하고 손가락부터 팔뚝까지 벌벌 떨릴 때쯤이면 식탁에 마주 앉아 바싹 구운 삼겹살에 시원한 맥주를 벌컥벌컥 들이켰다. 아침에 시작한 일이 저녁이 되어서야 끝났는데도 엄마와 나는 천장을 칠하지 못했다며 아쉬워했다.

이렇게 내 집과 나의 기록을 책 한 권 분량만큼이나 쓰고 보니 나는 영락없는 엄마 딸이라는 생각이 든다. 모두가 위태로운 세상에서 자기만의 버팀목을 찾았으면 좋겠다는 마음으로 책을 마친다.

Home
Sweet
Home

01.
두 번째
자취방,
복층 오피스텔

02.
다시 돌아온
4층 동쪽 집

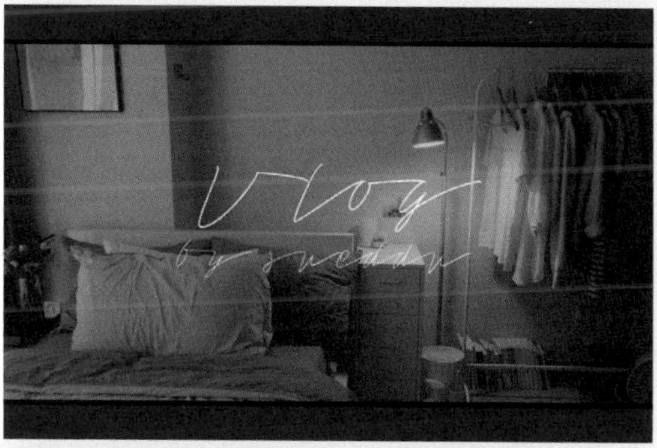

03.
월세 탈출,
전세살이 시작

04.
가을맞이
집 꾸미기

05.
내 집 마련,
아파트로 이사

06.
공사 과정
기록 1

07.
공사 과정
기록 2

08.
인테리어
Q&A

가끔 집은
내가 되고

초판 1쇄 2022년 1월 17일
초판 2쇄 2022년 1월 24일

지은이 슛뚜

발행인 유철상
편집장 정은영
기획·편집 정유진
디자인 주인지, 조연경, 노세희
마케팅 조종삼, 윤소담
콘텐츠 강한나

펴낸곳 상상출판
출판등록 2009년 9월 22일(제305-2010-02호)
주소 서울특별시 성동구 뚝섬로17가길 48, 성수에이원센터 1205호(성수동2가)
전화 02-963-9891
팩스 02-963-9892
전자우편 sangsang9892@gmail.com
홈페이지 www.esangsang.co.kr
블로그 blog.naver.com/sangsang_pub
인쇄 다라니
종이 ㈜월드페이퍼

ISBN 979-11-6782-049-5 (03810)